GULLIVER

1193

Mirjam Pressler
erzählt Geschichten

Mit Bildern von Antje Damm

EIN **GULLIVER** VON **BELTZ & GELBERG**

www.gulliver-welten.de
Gulliver 1193
Originalausgabe

Weitere Rechtsauskunft S.184
Neue Rechtschreibung
Markenkonzept: Groothuis, Lohfert, Consorten, Hamburg
Einbandbild: Antje Damm
Innengestaltung: Anna Ryffel
Gesamtherstellung: Druck Partner Rübelmann, Hemsbach
Printed in Germany
ISBN 978-3-407-74193-6
1 2 3 4 5 14 13 12 11 10

Inhalt

Zwillinge

Astrid und Martina hocken abends auf Astrids Bett und reden noch über die Geschenke, die sie morgen wohl bekommen werden. Morgen, an ihrem Geburtstag. Astrid und Martina sind nämlich Zwillinge.

»Onkel Heinz bringt bestimmt wieder ein Buch für uns beide, der alte Geizkragen«, sagt Astrid.

»Und von Oma bekommen wir Pullover«, sagt Martina.

Astrid nickt. »Genau gleiche. Und vielleicht auch gleiche Röcke wie an Weihnachten.«

»Wie süß! Das doppelte Lottchen!«, stöhnt Martina.

Astrid zieht die Knie an den Bauch. »Und Tante Rosa lädt uns am Sonntag ins Kino ein.«

»Ja«, sagt Martina. »Weißt du was? Mir stinkt's!«

»Was?«, fragt Astrid.

»Wenn wir normale Schwestern wären, würde Tante Rosa uns beide zu deinem Geburtstag ins Kino einladen und zu meinem auch.«

»Und Onkel Heinz müsste uns zwei Bücher schenken.«

Martinas Stimme wird böse. »Und nie wieder würden uns fremde Menschen auf der Straße einfach über die Haare streichen und ›ach, wie süß‹ sagen.«

»Nur weil wir gleich aussehen«, bestätigt Astrid.

»Ja«, sagt Martina. Sie springt auf. »Moment«, sagt sie, »ich habe eine Idee. An unserem Geburtstag schenkt Papa Mama immer einen

Blumenstrauß. Okay, wir machen mit. Wir machen unseren Eltern zu unserem Geburtstag ein Geschenk. Uns nämlich.« Sie holt eine Schere aus der Schublade. »Du wolltest doch immer kurze Haare haben, oder?«

Astrid starrt ihre Schwester an. Dann strahlt sie. »Los«, sagt sie, »fang an. Aber wehe, du schneidest mir eine Glatze.«

Und Martina schneidet Astrid die Haare kurz. Sie werden ziemlich kurz, weil Martina immer die Stufen korrigieren muss. Besonders beim Pony. Der wird eher ein Entenbürzel. Martina ist ein bisschen verlegen, als sie Papas Rasierspiegel aus dem Badezimmer bringt. Aber Astrid findet sich zum Glück sehr schön. Und weil das mit dem Schneiden so gut klappt, holen sie ihre Jeans. Eine wird zu einer Bermuda. Und von den beiden hellblauen Sweatshirts bekommt eines kurze Ärmel.

Zufrieden legen sich Martina und Astrid ins Bett. Sie haben ein Problem gelöst.

Am nächsten Morgen schreit ihre Mutter entsetzt auf, als zwei Kinder zu ihr in die Küche kommen. Zwei Kinder, keine Zwillinge mehr. Wenigstens nicht mehr die Zwillinge von gestern.

»Wir haben die Nase voll«, sagt Astrid.

»Nein«, sagt Martina. »Astrid hat die Nase voll und ich habe die Nase voll. Jede für sich.«

Die Mutter starrt sie immer noch an und sagt nichts.

»Wir wollen nicht immer alles gemeinsam haben. Auch mit dem Geburtstag hätten wir es lieber anders«, sagt Astrid. »Ich habe heute Geburtstag. Martina erst in zehn Tagen. Weil sie zehn Minuten jünger ist als ich.«

Martina wirft Astrid einen Blick zu und pfeift bewundernd. Beide sind glücklich. Jede für sich allein und beide ein bisschen zusammen.

Eine Sekunde nicht aufgepasst

Der Tag nach den Herbstferien fängt so an, wie auch die Tage vor den Herbstferien angefangen haben. Mit Aufwecken, Frühstück, Schule. Und in der Schule ist nichts Besonderes los. Außer dass Ziska und Jessi für eine Stunde auseinandergesetzt werden, weil sie so viel schwätzen.

»Ihr geht mir auf die Nerven«, sagt Frau Leimbach. »Eine Woche Ferien, und man könnte meinen, ihr hättet euch ein ganzes Jahr nicht gesehen. Wenn ihr so weitermacht, setze ich euch bis Weihnachten auseinander.«

Diese Drohung hilft eine Weile. In der großen Pause haben Jessi und Ziska allerdings auch keine Zeit, sich ihre Herbstferienerlebnisse zu erzählen. Daniel hat nämlich in den Ferien eine Schwester bekommen.

»Ganz klein ist sie«, sagt er. »Und sie hat eine Glatze.«

»Wie süß!«, sagt Serpil.

Aber Daniel verzieht das Gesicht. »Von wegen süß«, sagt er. »Sie stinkt und schreit, das ist alles.«

»Du hast auch mal gestunken und geschrien«, sagt Serpil empört.

Daniel zuckt mit den Schultern. »Kann schon sein«, sagt er, »aber ich hatte jedenfalls keine Glatze. Und wir haben dauernd Besuch. Und alle tun so rum und sagen: Was für ein süßes Kind! Meine Mutter auch.«

»Und dein Vater?«, fragt Jessi.

Daniel kickt einen Stein durch die Luft und trifft Herrn Lommer ans Bein.

Herr Lommer ist der neue Lehrer von den Erstklässlern. Und weil der wütend wird, erfährt Jessi erst mal nicht, ob Daniels Vater das Baby auch so schön findet oder nicht.

Herr Lommer packt Daniel am Arm und faucht ihn an. »Wenn hier jeder«, sagt er und »Loch im Kopf« und »Wie oft haben wir euch schon gesagt« und so weiter.

Doch in diesem Augenblick klingelt es, die Pause ist um. Herr Lommer lässt Daniel los und hebt nur noch einmal drohend die Hand. »Dass mir das nicht noch mal passiert!«

Daniel schüttelt den Kopf und rennt zur Tür. Im Flur ruft er Jessi zu: »Mein Vater findet sie auch schön. Aber ich glaub, er hätte doch lieber eine mit mehr Haaren gehabt.«

Die restlichen beiden Stunden vergehen schnell. Eine Stunde Zeichnen und eine Stunde Vorlesen.

Erst auf dem Heimweg können sich Jessi und Ziska von den Herbstferien erzählen. Jessi ist nur bei ihrer Oma im Spessart gewesen. Sie hat nichts erlebt. Jedenfalls nichts Spannendes. Aber

Ziska war mit ihrer Mutter und dem neuen Mutter-Freund auf Korsika und da war es wunderbar. Das Wasser so warm wie hier im Sommer. »Der Neue heißt Klaus«, sagt Ziska, »und er hat mir eine Luftmatratze und einen Drachen aus Silberpapier gekauft. Und einmal waren wir auf einem Jahrmarkt. Da hab ich mir fünf Lose kaufen dürfen. Und stell dir vor, ich hab einen rosa Teddy gewonnen.«

»Und sie haben sich wirklich nicht gestritten, deine Mutter und der Neue?«, fragt Jessi.

Ziska schüttelt den Kopf. »Nein, überhaupt nicht. Sie haben sich immer nur an der Hand gehalten und dauernd Schnatzel und Mäuschen und solche Sachen gesagt.«

»Komisch«, sagt Jessi. »Meine Eltern waren eigentlich dauernd sauer.« Sie schweigt. »Aber das sind sie meistens, wenn wir bei meiner Oma sind. Die ist nämlich besonders nett zu meinem Vater und darüber ärgert sich meine Mutter. Schließlich ist sie ihre Tochter.«

Sie stehen vor Ziskas Haus. »Kommst du heute Nachmittag zu mir?«, fragt Ziska.

Jessi nickt und Ziska drückt auf den Klingelknopf.

In Gedanken versunken geht Jessi weiter. Sie überlegt, wie oft andere Eltern streiten. Danach wird sie sich mal erkundigen. Nicht bei Ziska. Schließlich ist eine Mutter mit einem neuen Freund was anderes als alte Eltern, die man schon immer hat.

Jessi kommt gleichzeitig mit ihrer Mutter zu Hause an. »Na, wie war's in der Schule?«, fragt die Mutter.

Jessi zuckt mit den Schultern. »Wie immer. Aber Daniel hat eine kleine Schwester bekommen, mit Glatze. Und wie war's in der Buchhandlung?«

»Es geht«, sagt die Mutter. »Ich hab dir ein neues Buch mitgebracht.«

»War's ein bisschen dreckig oder findest du's einfach gut?«, fragt Jessi.

Die Mutter grinst. »Beides.« Sie drückt Jessi das Buch in die Hand und geht in die Küche. Jessi hockt sich im Wohnzimmer in den großen

Papa-Fernseh-Sessel und fängt an zu lesen. Nach einer Weile riecht sie, dass es was mit Lauch gibt. Würg! Na ja, Rosenkohl wäre noch schlimmer.

Mama streckt den Kopf zur Tür herein. »Sag mal, Jessi, hat Achim heute Morgen was gesagt, dass er später kommt?«

Jessi zuckt mit den Schultern, sie schaut nicht hoch. In ihrem Buch fährt die Oma gerade mit einem Motorrad weg. Jessi kichert, weil sie sich ihre eigene Oma auf einem Motorrad vorstellt.

Da klingelt das Telefon.

»Jessi, gehst du mal dran?«, ruft ihre Mutter aus der Küche.

Widerwillig legt Jessi das Buch zur Seite und geht zum Telefon. Ein fremder Mann ist dran und verlangt, ihre Mutter zu sprechen.

»Warum?«, fragt Jessi.

Aber das will er nicht sagen. »Ruf bitte deine Mutter!«, sagt er ungeduldig.

Er könnte wirklich ein bisschen freundlicher sein, denkt Jessi und geht in die Küche.

»Für dich«, sagt sie. »Ein Mann.«

Die Mutter drückt ihr den Kochlöffel in die Hand. »Hier, rühr mal weiter.«

Jessi steht am Topf und rührt die Lauchsuppe und denkt an die Oma mit dem Motorrad. Da schreit ihre Mutter drüben ganz laut: »O nein!« Es klingt so erschrocken, dass Jessi den Kochlöffel ins Spülbecken wirft und ins Wohnzimmer rennt.

Ihre Mutter hat den Telefonhörer ans Ohr gedrückt. Ihr Gesicht sieht fremd aus, weiß, mit sehr dunklen Augen. Sie horcht und nickt und dann laufen ihr Tränen über das Gesicht. Am Schluss sagt sie: »Ich komme sofort.« Und legt den Hörer auf.

Sie geht an Jessi vorbei, als würde sie sie nicht sehen, und reißt ihren Mantel von der Garderobe.

Jessi fühlt sich plötzlich ganz seltsam. Leer im Bauch und doch so voll, dass keine Luft mehr reinpasst. »Mama«, schreit sie. »Was ist los?«

Ihre Mutter schaut sie an. Schaut durch sie hindurch. Sie sieht mich nicht, denkt Jessi. Als wäre ich ein Küchenhocker.

»Achim ist von einem Auto angefahren worden«, sagt die Mutter. Sogar ihre Stimme ist ganz fremd. »Er ist im Krankenhaus, bewusstlos. Ich fahre sofort hin.«

»Krankenhaus?«, fragt Jessi. »Bewusstlos? Ist das schlimm, bewusstlos?«

Die Mutter nickt. »Ja«, sagt sie. »Jessi, ich ruf Papa vom Krankenhaus aus an. Sei brav, bitte.«

Sie streicht Jessi schnell über den Kopf. »Es wird schon gut«, sagt sie, dann ist sie weg.

Jessi geht zum Wohnzimmerfenster, reißt es auf und schaut hinaus. Ihre Mutter kommt aus dem Haus und rennt die Straße entlang zum Taxistand. Erst als sie eingestiegen und das Taxi losgefahren ist, macht Jessi das Fenster zu.

Hier riecht's aber komisch, denkt sie, und dann fällt ihr der Topf ein. Sie geht in die Küche. Eine Rauchwolke kommt ihr entgegen. Zum Glück war's nur Lauch. Bei Pfannkuchen wäre es schlimmer gewesen. Jessi zieht vorsichtig den Topf von der Platte und schaltet den Herd aus.

Zwei Stunden sitzt Jessi schon neben dem Telefon und wartet. Zuerst hat sie die Butterkekse aus dem oberen Fach vom Küchenschrank gegessen, dann hat sie Milch getrunken, dann hat sie sich neben das Telefon gesetzt. Vor einer halben Stunde hat sie bei Papa im Büro angerufen, aber er war nicht da. Natürlich nicht. Bestimmt ist er auch ins Krankenhaus gefahren. Zu Achim.

Und an mich denkt keiner, denkt Jessi. Mich lassen sie einfach hier sitzen. Ohne Essen und alles. Und dann denkt sie an Achim. Bewusstlos, wie ist das überhaupt? Man hört nichts, sieht nichts, fühlt nichts.

Jessi macht die Augen zu und versucht, nichts zu fühlen. Aber das klappt nicht. Sie fühlt, wie kalt ihre Hände sind. Sie fühlt, wie ihr Herz klopft. Sie fühlt, wie ihre Augen brennen.

Es tut nicht weh, denkt sie, aber es ist ein ekliges Gefühl. So eklig, dass man fast weinen muss. Und je länger sie in sich hineinfühlt, umso stärker klopft ihr Herz. Und ihre Hände werden langsam heiß.

Außerdem hört sie auch, wie unten auf der

Straße ein Auto hupt. Und das Klingeln vom Telefon.

Jessi reißt den Hörer hoch. »Hallo?«, will sie sagen, aber sie kann nur krächzen. Ihre Stimme hat sich irgendwo in ihrem Bauch oder in ihrem Kopf verkrochen, vielleicht hinter den Augen, da, wo es brennt.

Es ist Ziska. »Wo bleibst du denn?«, fragt sie. »Ich warte schon die ganze Zeit auf dich.«

»Achim«, sagt Jessi. »Er ist im Krankenhaus. Ein Auto hat ihn angefahren. Ich kann nicht kommen.«

Einen Moment bleibt es still im Hörer. Dann sagt Ziska: »Dann komm ich eben zu dir. Ich schreib nur noch schnell einen Zettel für Mama, wo ich bin.«

Ziska hat aufgelegt. Und Jessi wartet wieder. Auf einen Anruf von Mama oder Papa und auf Ziska.

Es klingelt und Jessi macht Ziska die Tür auf.

»Hier stinkt's«, sagt Ziska, als sie im Flur ihren Anorak auszieht. Sie holt den Topf aus der Küche und gießt die angebrannte Suppe ins Klo.

Dann macht sie den Topf sauber und spült auch gleich das Geschirr von gestern Abend. Jessi trocknet ab und erzählt dabei, was sie weiß. Viel ist das nicht.

»Glaubst du, dass er stirbt?«, fragt Ziska.

Jessi schmeißt den Teller, den sie gerade in der Hand hat, an die Wand. Als könnte der Teller was dafür. Aber jetzt muss sie wenigstens nichts antworten.

Sie bückt sich nach den Scherben. Ziska bringt Schaufel und Handfeger. Aber Jessi lässt sich nicht helfen. Sie hebt jede Scherbe einzeln auf, auch die ganz kleinen, und wirft sie in den Mülleimer. Sie ist wütend auf Ziska und auf ihre Mutter und auf ihren Vater. Und ein bisschen auch auf Achimbruder. Nur weil er nicht aufgepasst hat, denkt sie. Dabei sagt Mama jeden Tag: »Pass auf und bleib auf dem Fahrradweg!«

Erst als Ziska schon heimgegangen ist, ruft Papa aus dem Krankenhaus an. »Achim ist noch immer bewusstlos«, sagt er, und auch seine Stimme klingt anders als sonst. Er hört sich an wie ein Fremder. Deshalb traut Jessi sich auch nichts zu sagen oder zu fragen. Auch nicht zu weinen. Sie traut sich einfach gar nichts. Sie sagt nur »ja«, als er sie fragt, ob zu Hause alles in Ordnung ist.

»Ich komme später heim und mach dir was zu essen«, sagt er. »Hältst du es noch so lange aus?«

Wieder sagt Jessi »ja« und er legt wieder auf. Sie hat keinen Hunger. Sie weiß einfach nicht, was sie machen soll. Sie probiert es mit Lesen. Aber das Motorrad erinnert sie an Verkehrsunfälle, sogar wenn eine Oma draufsitzt. Deswegen macht sie den Fernseher an. Das nützt allerdings auch nichts. Jessi starrt auf das Bild und weiß nicht, was sie sieht. So lange, bis ihr Vater kommt.

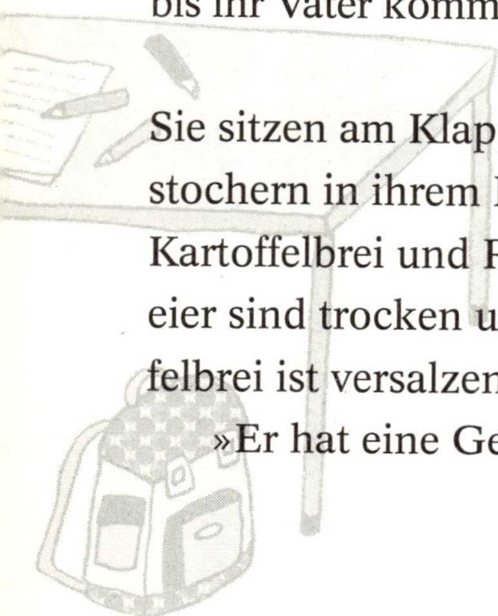

Sie sitzen am Klapptisch in der Küche und stochern in ihrem Essen herum. Jessis Vater hat Kartoffelbrei und Rühreier gemacht. Die Rühreier sind trocken und bröckelig und der Kartoffelbrei ist versalzen.

»Er hat eine Gehirnerschütterung und gebrochene Rippen und ein gebrochenes Bein und Prellungen«, sagt der Vater. »Aber das Schlimmste ist die Bewusstlosigkeit. Mama bleibt heute Nacht dort, damit sie da ist, wenn er aufwacht.«

»Wie ist es denn passiert?«, fragt Jessi.

»Ein Autofahrer wollte in der Schillerstraße rechts abbiegen und hat nicht geguckt«, sagt der Vater. »Er hat nur einen Moment nicht aufgepasst, verstehst du, und schon ist es passiert. Nur eine Sekunde nicht aufgepasst.« Er lässt die Gabel fallen und starrt vor sich hin. »Eine Sekunde nicht aufgepasst.«

Jessi legt auch die Gabel hin. Sie hat keinen Hunger. Und der Kartoffelbrei schmeckt wirklich zu salzig, um ihn ohne Hunger zu essen. »Achim hat keine Schuld?«, fragt sie.

Der Vater schüttelt den Kopf. »Nein, Achim hat keine Schuld. Aber das ist auch nicht wichtig. Wichtig ist nur, dass alles gut wird, und das müssen wir jetzt fest hoffen.« Er macht eine kleine Pause, dann sagt er: »Jessi, tu mir einen Gefallen und geh ins Bett, ja? Ich guck gleich noch mal nach dir.«

Jessi steht auf und geht ins Badezimmer. Sie putzt sich die Zähne, zieht ihren Pyjama an und geht ins Kinderzimmer. Die Betten sind nicht gemacht.

Natürlich nicht, denkt Jessi. Mama war ja heute Mittag auch gerade erst heimgekommen. Sie schaut Achims Bett an. Sein Pyjama liegt unordentlich auf der Decke. So wie Achimbruder ihn morgens hingeschmissen hat.

Jessi legt den Pyjama zusammen. Achimbruder hat ihn letztes Jahr von Oma bekommen. Die schenkt immer Pyjamas. Und er ist ihm eigentlich schon zu klein. Die Hosenbeine gehen ihm nur noch bis zu den Waden. Aber er hat ihn so gerne, wegen der Maus mit den rosa Boxhandschuhen auf dem Oberteil.

Jessi kann plötzlich nicht mehr richtig atmen. Sie schiebt den Pyjama schnell unter die Zudecke, damit sie ihn nicht mehr sieht. Dann macht sie das Licht aus und legt sich in ihr Bett.

Jetzt ist es sehr dunkel im Zimmer. Und Jessi muss weinen, ohne dass sie genau weiß, warum. Weil Achim ihr leid tut, natürlich. Und weil ihr die Mutter und der Vater leid tun. Aber irgendwie tut sie sich auch selber leid.

Da geht die Tür auf. Ein schwacher Lichtschein fällt vom Wohnzimmer in den Flur und ihr Vater sieht aus wie ein schwarzer, großer Schatten. Von seinem Gesicht ist nichts zu sehen. »Schläfst du schon?«, fragt er.

»Nein«, sagt Jessi.

Er kommt im Dunkeln zu ihrem Bett und setzt sich neben sie. Seine Finger fühlen sich ganz weich an, als er ihr die Tränen abwischt. Dann nimmt er Jessi in den Arm und fragt, ob sie heute Nacht bei ihm schlafen will.

»Ja«, sagt Jessi erleichtert. »Ja, bitte.«

Er trägt sie ins Schlafzimmer hinüber und legt sie ins Bett. »Ich komme auch gleich«, sagt er.

Jessi wartet, bis er aus dem Badezimmer kommt. Aber er will noch nicht schlafen. Er zieht den Korbsessel vors Fenster und setzt sich hin. Als er sich eine Zigarette anzündet, sieht Jessi für einen Moment sein Gesicht. Die Nase, den Mund, das Kinn.

Irgendwann muss Jessi dann eingeschlafen

sein, aber jetzt ist sie wieder wach. Der Mond scheint ins Zimmer und ihr Vater sitzt immer noch am Fenster und schaut hinunter auf die Straße. Die blauen Streifen von seinem Pyjama sehen schwarz aus bei Mondlicht.

Jessi stützt sich auf und möchte etwas sagen. Doch dann legt sie sich wieder zurück und zieht die Decke über den Kopf. Sie will diesen traurigen und einsamen Vater nicht mehr sehen.

Der Vater hat Jessi in die Schule gebracht und mit Frau Leimbach geredet. Jetzt verabschiedet er sich von Jessi und fährt wieder ins Krankenhaus. Frau Leimbach nimmt Jessi in den Arm und streichelt ihr über den Kopf. Jessi fühlt sich durcheinander. Sie will nicht, dass Frau Leimbach sie streichelt, nicht heute. Sie will auch mit niemandem reden, noch nicht mal mit Ziska.

Sie setzt sich auf ihren Platz. Achimbruder im Krankenhaus. Jessi kennt das Krankenhaus. Im Sommer war sie mit ihrer Mutter mal dort. Sie haben Frau Muster aus der Buchhandlung besucht. Die Mutter hatte einen Blumenstrauß

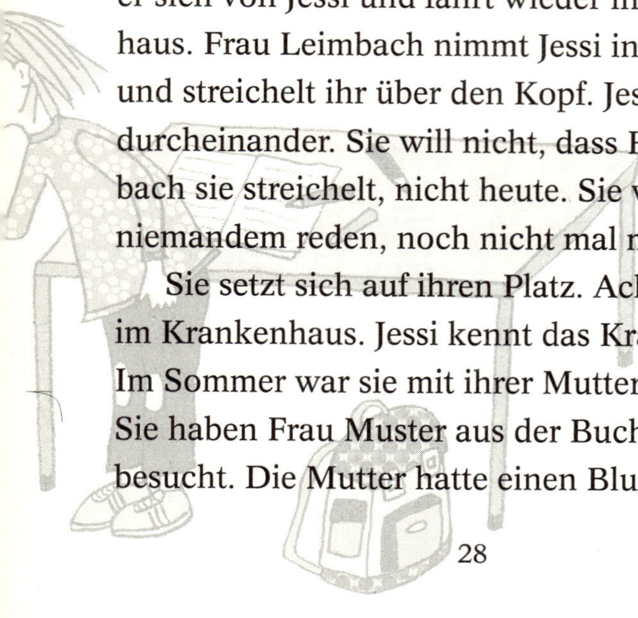

gekauft. Alle Krankenhausbesucher hielten Blumensträuße in den Händen.

Jessi holt ein Blatt Papier und ihre Filzschreiber aus dem Ranzen. Sie fängt an zu malen. Sie malt Blumen und denkt an Achim. Er wird die Blumen nicht sehen können, weil er die Augen geschlossen hat. Er fühlt nichts. Er weiß nichts. Und trotzdem ist es kein Schlafen. »Oder vielleicht ist es doch wie schlafen«, hat ihr Vater gesagt.

Plötzlich hört Jessi, dass Frau Leimbach Verkehrsunterricht macht. Sie hebt den Kopf. An der Tafel hängt die Karte mit den Verkehrszeichen. Und Lutz sagt gerade, wie man mit dem Fahrrad links abbiegt. Wenn kein Fahrradweg da ist und keine Ampel.

Jessi merkt, wie in ihrem Bauch etwas wächst. Eine dicke Luftblase, so dick, dass kein Platz mehr in ihr ist, dass sie nicht mehr atmen kann.

Sie springt auf und brüllt: »Immer wir! Immer sollen wir aufpassen! Aber Achim ist gar nicht schuld! Er kann nichts dafür, der Autofahrer hat nicht aufgepasst. Dieser … dieser

Scheißmistarschautofahrer, dieser Scheißmist...« Dann kann sie nicht mehr weiter, ihr fallen keine Wörter ein. Die Luftblase in ihrem Bauch ist weg. Geplatzt. Sie setzt sich hin und weiß nicht, was sie machen soll.

Die anderen starren sie an. Da weiß Jessi noch weniger, was sie machen soll. Sie schaut Frau Leimbach an. Die sagt eine Weile gar nichts. Dann stellt sie sich neben Jessi.

»Du hast recht«, sagt sie zu ihr. »Die Wörter sind zwar nicht schön, aber du hast recht.« Sie fährt mit dem Finger über die Blumen, die Jessi gemalt hat. Erst über die rote, dann über die blaue.

Dann dreht sie sich um, geht zur Tafel zurück und hängt die Karte mit den Verkehrsschildern ab. »Das wiederholen wir ein andermal. Nehmt eure Wasserfarben. Serpil, teil Papier aus. Was haltet ihr davon, wenn wir für Jessis Bruder Bilder malen? Nächstes Mal können wir sie dann zusammenheften und ein schönes Buch daraus machen. Was meinst du, Jessi?«

Jessi nickt. Sie malt und malt, eine Blume

nach der anderen. Und dabei denkt sie die ganze Zeit: Warum haben sie mich nicht mitgenommen ins Krankenhaus?

Der Ball in ihrem Bauch wächst wieder und drückt und tut weh.

Ihre Mutter wartet vor der Schule. Das passiert so selten, dass Jessi erst fürchterlich erschrickt. Doch dann sieht sie Mamas Gesicht. Sieht, dass sie die Arme ausbreitet. Jessi rennt auf ihre Mutter zu. Die Mutter nimmt sie samt Ranzen und hebt sie hoch und dreht sich mit ihr herum.

»Nicht, Mama«, sagt Jessi. Es ist ihr ein bisschen peinlich. Schließlich ist sie kein kleines Kind mehr.

»Achim ist aufgewacht«, sagt Mama und lässt Jessi auf den Boden rutschen.

»Das hab ich mir schon gedacht«, sagt Jessi. »Sonst hättest du nicht so ausgesehen.«

Sie gehen Hand in Hand zum S-Bahnhof, zur Pommesbude. Und dann gehen sie nach Hause, nicht mehr Hand in Hand, weil jede von ihnen eine Tüte Pommes mit Ketchup hält.

»Ich fahre gleich wieder ins Krankenhaus«, sagt die Mutter. »Soll ich Ziskas Mutter fragen, ob du zu ihr gehen kannst?«

Jessi schüttelt den Kopf. »Ich kann allein bleiben«, sagt sie. »Da ist doch nichts dabei.«

Die Mutter schaut sie zweifelnd an. »Den ganzen Nachmittag? Wir kommen vielleicht erst sehr spät heim.«

»Na und?«, sagt Jessi. »Ich bin kein kleines Kind mehr. Das sagst du sonst doch auch immer.«

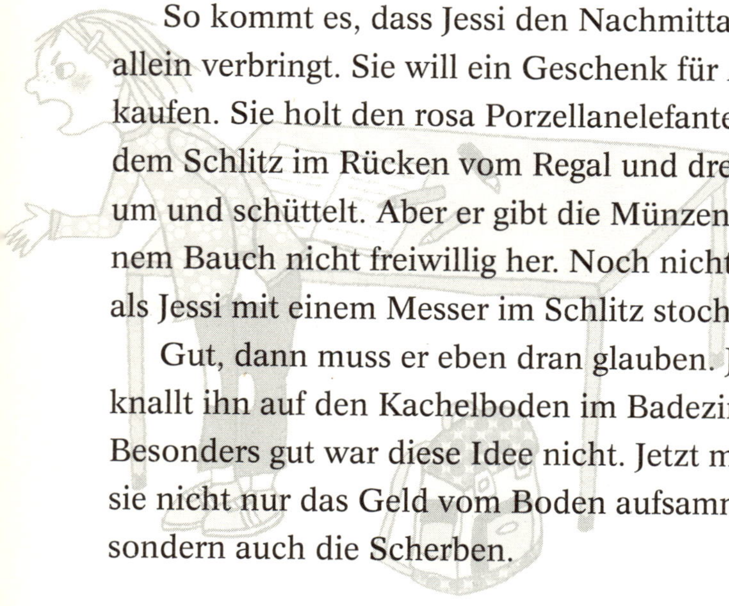

So kommt es, dass Jessi den Nachmittag ganz allein verbringt. Sie will ein Geschenk für Achim kaufen. Sie holt den rosa Porzellanelefanten mit dem Schlitz im Rücken vom Regal und dreht ihn um und schüttelt. Aber er gibt die Münzen in seinem Bauch nicht freiwillig her. Noch nicht mal, als Jessi mit einem Messer im Schlitz stochert.

Gut, dann muss er eben dran glauben. Jessi knallt ihn auf den Kachelboden im Badezimmer. Besonders gut war diese Idee nicht. Jetzt muss sie nicht nur das Geld vom Boden aufsammeln, sondern auch die Scherben.

15 Euro 70 hat Jessi in der Hosentasche, als sie im Spielwarenladen im Einkaufszentrum steht. Zu Hause war das sehr viel Geld. Jetzt ist es nicht mehr so viel. Eigentlich sogar ziemlich wenig. Sie steht vor dem Segelflugzeug zum Selberbauen, das Achimbruder sich die ganze Zeit schon gewünscht hat. Es kostet 29 Euro. Dasselbe in kleiner und billiger gibt es nicht, Jessi hat schon den ganzen Laden abgesucht.

Die Verkäuferin beobachtet sie misstrauisch und sieht ganz erleichtert aus, als Jessi endlich den Laden verlässt. Von draußen dreht ihr Jessi eine lange Nase. Die Verkäuferin ärgert sich aber nicht, sie grinst. Da grinst Jessi auch.

Zu Hause überlegt sie lange, wie sie zu Geld kommen könnte. Eine Weile steht sie unschlüssig vor Achims Sparschwein. Es ist hellblau und auch aus Porzellan. Sie nimmt es und wiegt es in der Hand. Es ist schwer.

Und wenn ich es jetzt aus Versehen fallen lasse? Eine blöde Idee. Sie stellt es schnell wieder zurück.

Ihre Mutter kommt ziemlich spät aus dem

Krankenhaus. Sie ist erleichtert. »Achim hat Glück gehabt«, sagt sie. »Großes Glück. Wir alle haben Glück gehabt.« Und dann erzählt sie, dass Achim sich an nichts erinnert. »Nichts weiß er mehr, gar nichts.«

»Und wann kommt er wieder nach Hause?«, fragt Jessi.

Die Mutter schlägt Eier in die Pfanne. »So schnell noch nicht. Vier Wochen dauert es bestimmt, hat der Arzt gesagt.«

Sie sieht jetzt wieder traurig aus. Und Jessi sagt lieber nicht, dass sie gestern Abend auch schon Rühreier gegessen hat. Dabei gehören Rühreier sowieso nicht zu den Sachen, die sie gern isst.

Die Mutter ist so müde, dass sie gleich nach dem Essen ins Bett geht. Über Geld will sie nicht reden. Heute nicht. »Lass mich doch jetzt mit so was in Ruhe, Jessi!«

Jessi setzt sich im leeren Kinderzimmer an den Tisch. Sie stützt die Arme auf den Tisch und starrt Achims leeres Bett an. Er hat Glück gehabt. Großes Glück. Hat Mama gesagt.

Jessi hat eine Idee. Sie sucht Papier und eine Schere und schneidet viele kleine, viereckige Zettel. Lauter Lose. Und ohne Nieten.

Der nächste Tag ist ein Freitag. Zum Mittagessen hat Jessi eine Tütensuppe bekommen, dann ist Mama wieder ins Krankenhaus gefahren. »Papa ist heute ins Büro gegangen«, hat sie gesagt. »Deshalb muss ich bei Achim bleiben.«

Jessi hat genickt. Die Tütensuppe hat nicht besonders gut geschmeckt, aber das macht nichts.

Jetzt ist Mama endlich weg. Jessi sucht überall nach einer schönen Dose, aber sie findet keine. Da nimmt sie einen Schuhkarton und legt ihn mit silberglänzender Alufolie aus. In der Schublade, neben der Alufolie, liegt auch noch dickes Metallpapier von Weihnachten. In Rot und Blau.

Es sieht so schön aus, dass Jessi kurz entschlossen noch bunte Hüllen für die Lose schneidet. Das dauert bestimmt eine Stunde. Doch dann ist sie fertig. Sie packt die Lose in die

Schachtel und macht sich auf den Weg zum Einkaufszentrum.

Dort stellt sie sich an die Wand gleich am Anfang der Passage. Das ist ein guter Platz. Alle Leute müssen da vorbeikommen.

»Lose zu verkaufen!«, schreit sie. Das heißt, sie will es schreien. Aber es kommen nur ganz zaghafte Töne aus ihrem Mund.

»Lose zu verkaufen«, sagt sie, nun schon ein bisschen lauter.

Ein Mann bleibt stehen.

»Was für Lose denn?«, fragt er. »Was kann man denn gewinnen?«

»Steht drin!«, sagt Jessi.

Der Mann sieht nett aus. Gemütlich. »Und wie viel kostet ein Los?«, fragt er.

»Fünfzig Cent«, sagt Jessi und fügt schnell hinzu: »Aber es gibt keine Nieten.«

Der Mann lächelt. Er zieht einen Euro aus seiner Hosentasche. »Dann gib mir doch mal zwei«, sagt er.

Jessi nimmt die Münze und hält ihm die Schachtel hin. Er sucht sich zwei Lose heraus, ein blaues und ein rotes, und macht sie auf. Jetzt lacht er richtig.

»Danke«, sagt er. »Du hast mir Freude gemacht.«

»Was haben Sie denn gewonnen?«, fragt Jessi neugierig. Er hält ihr die beiden Zettel hin. Auf dem einen steht: *Ein ganz besonders großes Glück für ein Jahr!*

»Das ist ein Hauptgewinn«, sagt Jessi.

Der Mann grinst. »Ich sehe es auch so.« Er hält ihr den zweiten Zettel hin. Auf dem steht: *Ein kleines Glück für fünf Minuten.*

Jessi zuckt bedauernd mit den Schultern. »Das ist nur ein Trostpreis.«

Der Mann gibt ihr die Hand und schüttelt sie. »Danke«, sagt er. »Vielen Dank für die beiden Glücke. Oder heißt es die beiden Glücks?«

»Weiß ich auch nicht«, sagt Jessi. »Aber Hauptsache, man hat sie.«

Der nette Mann geht weiter und Jessi ruft jetzt ganz laut: »Lose! Lose zu verkaufen! Stück fünfzig Cent! Und keine Nieten!«

Nach einer halben Stunde hat Jessi schon

achtzehn Lose verkauft. Das sind neun Euro. Die meisten Leute lachen, wenn sie ihr Los aufgewickelt haben. Sie lachen und stecken das Los in die Tasche. Nur eine Frau hat ihres weggeworfen. Jessi hat genau aufgepasst.

Doch dann kommt eine Frau in einer gelben Jacke und kauft ein rotes Los. Sie macht es auf, liest es und wirft es in Jessis Silberschachtel zurück. »Eine Unverschämtheit!«, sagt sie laut und böse. »Unglaublich, so was!«

Jessi schaut sie erschrocken an. Dabei hat die Frau doch einen ganzen Monat Glück gewonnen, warum ärgert sie sich so?

»Den Leuten das Geld aus der Tasche ziehen«, schimpft die Frau weiter.

Zwei andere Frauen bleiben neugierig stehen. »Eine Unverschämtheit«, sagt die Frau in der gelben Jacke und deutet auf Jessi. »Sie verkauft Lose, bei denen man nichts gewinnt.«

»Doch, Glück!«, sagt Jessi.

Die eine Frau lacht, die andere sagt: »Die Kinder sind heute ganz schön geschäftstüchtig, das muss man ihnen lassen.«

»Ich will mein Geld zurück!«, sagt die Frau in der gelben Jacke.

Jessi fühlt sich auf einmal ganz schlecht. Ganz klein. Am liebsten würde sie weglaufen, doch das traut sie sich nicht.

Sie will schon der Frau das Geld zurückgeben, da fühlt sie eine Hand auf ihrer Schulter. Sie hebt den Kopf. Ziskas Mutter, und neben ihr steht ein Mann. Das ist vermutlich Klaus.

»Was ist denn los, Jessi?«, fragt Ziskas Mutter.

Jessi hält ihr die Schachtel hin. »Ich hab Lose verkauft«, flüstert sie. »Und die Frau ärgert sich. Dabei kann doch jeder ein bisschen Glück brauchen, oder?«

»Wie viel kostet eins?«, fragt der Mann, der vermutlich Klaus ist. Er kauft gleich zwei, zwei rote, wickelt sie aus und hält sie Ziskas Mutter hin.

»Ein Glück für eine Stunde«, liest sie kopfschüttelnd.

»Das ist kein großer Gewinn«, sagt Jessi kleinlaut. »Es gibt bessere.«

Aber das zweite Los ist einer von den Hauptgewinnen: *Viel Glück für ein ganzes Jahr.*

Ziskas Mutter wendet sich an die Frau mit der gelben Jacke und sagt: »Hören Sie doch auf mit dem Theater. Das Kind hat Sie doch nicht gezwungen, ein Los zu kaufen. Und außerdem, ein bisschen Glück kann doch jeder brauchen, oder?«

»Diese Göre auch noch verteidigen«, mault die Frau. Doch dann geht sie weiter.

»Und wofür hast du so dringend das Geld gebraucht?«, fragt Ziskas Mutter.

Jessi erzählt ihr alles. Von Achimbruders Unfall. Aber das weiß sie schon, das hat ihr Ziska erzählt. Und von dem Segelflugzeug. Sie hört es sich geduldig an.

Dann nimmt sie Jessi an der Hand. »Komm, und jetzt kaufen wir das Flugzeug. Was dir fehlt, geb ich dazu.«

Es fehlen nur 4 Euro 20. Und dann lädt der Mann Jessi noch zu einem Eis ein. Es ist wirklich Klaus.

Ziska hat recht, denkt Jessi. Er ist nett.

Am Samstagnachmittag darf Jessi mit ins Krankenhaus. Sie weiß nicht, ob sie sich freut, es ist ihr unheimlich. Als hätte sie Angst vor Achimbruder. Immerhin kennt sie das Krankenhaus schon.

Als sie den Aufzug verlassen und den langen Flur entlanggehen, erinnert sich Jessi auch an den Geruch. »Desinfektionsmittel«, sagt ihre Mutter. »Damit alles richtig sauber wird.«

Vorsichtig schiebt Jessi die linke Hand in die Hand ihrer Mutter. In der rechten trägt sie das Paket mit dem Segelflugzeug. Die Mutter macht eine Tür auf. Jessi erkennt Achimbruder zuerst nicht. Er liegt zwischen Gestellen und Schläuchen und sieht anders aus als zu Hause. Blass und fast dünn. Erst als er sie anlächelt, erkennt sie ihn. Obwohl sein Lächeln auch anders ist als zu Hause. Ein Krankenhauslächeln, denkt sie. Dann denkt sie nichts mehr. Sie geht zum Bett und nimmt vorsichtig seine linke Hand. In der rechten steckt eine Nadel, an der ein Schlauch hängt. Der Schlauch endet in einer Flasche, die oben an einem Ständer befestigt ist.

»Achim«, sagt sie. Und dann fällt ihr gar nichts mehr ein, was sie sagen soll. Sie sagt noch einmal: »Achim!«

Und Achim sagt: »Jessi!«

»Fangt bloß nicht an zu weinen«, sagt der Vater. Erst jetzt merkt Jessi, dass er am Fenster gestanden hat. »Fangt bloß nicht an zu heulen vor Rührung. Ihr solltet euch freuen, weil wir so viel Glück gehabt haben.«

»Komisch ist das«, sagt Jessi. »Erst war es ein großes Unglück und Mama hat geweint. Und jetzt sind auf einmal alle glücklich und lachen.«

»So ist das mit dem Glück im Unglück«, sagt der Vater. »Je unglücklicher man war, umso glücklicher kann man dann sein.«

Jessi schüttelt den Kopf. »Ich hätte lieber das Glück ohne alles.«

Sie legt die Schachtel auf Achims Bett. »Für dich.«

Dann hilft sie ihm beim Auspacken, weil er nur eine Hand frei hat.

»Mensch«, sagt Achim, als er das Segelflugzeug sieht. »Wo hast du denn so viel Geld her?«

Jessi wirft ihren Eltern einen Blick zu. »Braucht ihr nicht ein bisschen frische Luft?«, fragt sie.

Die Eltern schauen sich an. Dann nicken sie und gehen Hand in Hand aus dem Zimmer. Und plötzlich fällt Jessi auf, dass die Sonne scheint.

Der schönste Hund der Welt

Seit den Sommerferien leben Bobo und Pepi bei uns. Bobo für Mama und Pepi für mich und Mausi. Für mich ein bisschen mehr, weil ich älter bin. Und weil ich ihn zuerst gesehen habe.

Wir waren mit Bobo, Mamas neuem Freund, in die Ferien gefahren. Nach Südfrankreich, mit einem gemieteten Wohnmobil. Blau war es. Und vorn hatte Bobo einen silbernen Stern draufgepappt.

An dem Tag rammte Bobo morgens drei Zeltstangen in den Sand. Er spannte ein Tuch darüber, damit wir Schatten hatten. »Sonst holt ihr zwei Prinzesschen euch einen Sonnenbrand und jammert die halbe Nacht«, sagte er. »Und wir können nicht schlafen.«

Ich trat ihm gegen das Schienbein. Prinzesschen! Nur weil Mausi und ich weiße Haut haben und immer Sonnenbrand kriegen. Bobo hat schwarze Locken und eine dunkelbraune Haut. Ganz schön ungerecht ist das!

Also, Bobo hatte den Sonnenschutz gebaut. Und Mama lobte ihn ganz lange, denn er wird gern gelobt. Dann ging sie ins Auto zum Essenkochen. Mausi half ihr dabei. Natürlich nicht richtig. Mausi kann noch nicht mal Kartoffeln schälen, weil sie so klein ist. Aber sie will immer helfen.

»Schade, dass sie das vergessen wird, wenn sie älter ist«, sagte Mama. Sie schaute mich ein bisschen giftig an. Ich tat so, als würde ich nicht verstehen, was sie meint.

Ich nahm meine Taucherbrille und das Heft

und den Bleistift und ging zum Strand. Seit einer Woche, seit wir an diesem Strand waren, führte ich nämlich eine Fischliste. Von den Fischen, die ich beim Tauchen traf. Ich schrieb auf, wie groß sie waren, was für eine Farbe sie hatten, ob sie dick aussahen wie kleine Luftballons oder lang und dünn wie Alu-Streifen. Ich hatte schon neun verschiedene Fische aufgemalt.

An dem Tag tauchte ich also ein bisschen und kam ganz aufgeregt aus dem Wasser: Ich hatte einen neuen Fisch entdeckt. Den zehnten! Einen grauen Watteball. Er schwebte zwischen zwei Steinen und Seetang herum. Ein grauer Watteball mit einem rosa Schimmer auf einer Seite.

Ich trug ihn sofort in mein Heft ein und rannte zu Bobo. Der lag unter dem Sonnenschutz.

Natürlich! Für die Prinzesschen gebaut und dann liegt er selber drunter!

Das hab ich ihm auch gesagt. Er war trotzdem nett und schaute sich meinen Fisch an.

Und dann rief uns Mama zum Essen.

Wir stiegen den Hang hinauf zu unserem Silberstern. Er stand auf dem Parkplatz zwischen lauter anderen Autos. Es gab Kartoffelbrei aus der Tüte und Dosenerbsen.

»Vielleicht gehen wir heute Abend mal richtig aus?«, fragte Bobo.

Mama schaute ihn böse an. Aber Mausi kletterte auf Bobos Schoß und sagte begeistert: »Au prima! Pommes!« In Frankreich kriegt man ja immer und überall Pommes.

Und Mama sagte was von zu viel Geld und so und Bobo gab ihr einen Kuss.

Als wir fertig waren mit dem Essen, sagte Mama zu Mausi, sie sollte sich hinlegen. »Es ist heute so heiß am Strand, das hält ja kein Schwein aus«, sagte sie.

Dabei waren unten am Strand ein Haufen Leute, und die waren schließlich keine Schweine.

Na ja, von mir aus. Ich nahm mein Zeug und wollte rausgehen.

»Nein, Hanna«, sagte Mama. »Ich will nicht, dass du allein am Strand bist. Komm, schlaf auch ein bisschen.«

Ich hatte aber keine Lust, mitten am Tag zu schlafen. Wo doch die Sonne schien und wir in den Ferien waren. Da sagte Bobo zu Mama: »Stell dich nicht so an, sie kann ja schwimmen.«

Manchmal ist Bobo wirklich ganz brauchbar.

Mama gab nach. »Aber bleib am Ufer«, sagte sie. Danach kroch Mausi in unser Bett. Mama und Bobo leierten den Tisch runter und legten ihre Matratze darauf.

Ich ging raus. Und da sah ich ihn. Pepi. Nur dass er damals noch nicht Pepi hieß.

Er lag unter dem Sonnenschutz. Grau und schwarz, wie Omas Pepitakleid, nur nicht so gleichmäßig.

Ich ging langsam hin. Er lag einfach da, im Schatten. Aber er schlief nicht. Als ich näher kam, schaute er mich mit seinen braunen Augen an. Die bewegten sich. Sie waren das Einzige, was sich an ihm bewegte.

Fremde Hunde fasst man nicht an. Das weiß ich auch. Aber wenn ein fremder Hund unter meinem Sonnenschutz liegt?

Ich setzte mich an den Rand des Schattens,

in den heißen Sand. Die braunen Augen schauten mich weiter an.

Ich rückte ein bisschen näher. Die braunen Augen ließen mich nicht los. Ganz langsam drehten sie sich in den Augenhöhlen, wie braune Murmeln mit einem weißen Rand. Um die Augen hatte der Hund einen dicken, schwarzen Strich, als wäre er geschminkt.

Ich rutschte noch ein bisschen näher. Er bewegte sich immer noch nicht. Aber ich konnte sehen, wie er atmete. Sein Fell hob und senkte sich.

Ich legte mich vorsichtig auf den Bauch und betrachtete ihn. Und er mich. Er lag da wie ein ganz alter, grauer Mann.

Ich weiß nicht, wie lange wir uns angeschaut haben. Um uns herum waren Leute, und Kinder spielten Ball. Sie schrien und lachten. Mir war das egal, ich verstand sie sowieso nicht.

Aber der Hund und ich, wir verstanden uns. Wir unterhielten uns ohne Wörter. Das kann ich nicht beschreiben, weil ... na ja, weil wir eben keine Wörter sagten. Es war etwas anderes. Wie

Streicheln mit den Augen. Oder als würden wir in Gedanken umeinander herumgehen und uns beschnüffeln, so wie Hunde das machen.

Jedenfalls, wir bewegten uns beide nicht mehr. Nur einmal wischte ich eine Fliege von meiner Nase. Sie setzte sich dann auf sein Fell, auf seine Schulter. Und er wischte sie nicht weg, er zuckte noch nicht mal mit der Pfote.

Später tauchte Bobo auf. Er hockte sich neben mich und betrachtete den Hund. »Der sieht nicht gut aus«, sagte er. »Vielleicht ist er krank.«

Dann kamen auch Mama und Mausi. Mausi rannte sofort auf den Hund zu, aber Bobo hielt sie am Arm fest. »Fass ihn ja nicht an«, rief er. »Man weiß nie, was so ein Vieh für Krankheiten anschleppt!«

Ich schaute immer nur den Hund an. Und dann streichelte ich ihn auch. Ganz vorsichtig. Es gefiel ihm. Er drehte sich auf die Seite und legte mir den Kopf auf die Knie.

Mama sagte nichts. Sie holte eine Schüssel Wasser und stellte sie neben dem Hund in den Sand. Der Hund hob den Kopf; endlich stand er auf.

Noch nie hatte ich jemanden so langsam aufstehen sehen. Als müsste er sich jede Bewegung einzeln überlegen. Er war größer, als ich gedacht hatte. Er hatte nämlich ziemlich lange Beine. Sehr dünne Beine. Außerdem hatte er so ein grauweißes Wuschelfell. Deshalb konnte ich nicht sehen, ob er am Bauch auch so dünn war. Er senkte den Kopf und trank die ganze Schüssel leer.

Ich nahm die Schüssel, rannte zum Silberstern und holte noch mal Wasser. Als ich zurückkam, lag der Hund schon wieder. Diesmal stand er aber schneller auf, um zu trinken.

»Bestimmt hat er Hunger«, sagte Mama. »Das arme Tier.« Sie öffnete eine Dose Gulasch und tat den Rest Kartoffelbrei und Erbsen vom Mittagessen dazu. Das brachte sie dem Hund. Wir schauten zu viert zu, wie er fraß.

Danach legte er sich wieder in den Schatten und schlief. Und Mausi wurde inzwischen schon ganz rötlich. Ich auch.

Mama legte Mausi ein Handtuch um die Schultern. Und zu mir sagte sie, ich sollte mir ein T-Shirt anziehen.

Abends wurde der Strand leer, aber wir saßen immer noch da, um den Hund herum. Die Sonne ging unter, und wir mussten Linsen essen, weil der Hund noch mal Gulasch bekam. Die letzte Dose. »Sonst haben wir nichts für ihn«, sagte Mama. »Linsen sind nichts für Hunde. Wir müssen morgen einkaufen fahren.«

»Ein Halsband und eine Leine kaufen«, sagte Mausi. Manchmal ist sie doch schlauer, als man denkt.

Mama sah Mausi an und bekam ganz große Augen. Erschrockene oder böse, da war ich mir nicht ganz sicher.

Als wir zum Silberstern gingen, stand der Hund plötzlich auf und kam mit uns. Jetzt war er nicht mehr langsam. Er lief hin und her und wedelte mit dem Schwanz.

»Ich glaube nicht, dass er krank ist«, sagte Bobo. »Bestimmt hatte er nur Hunger und Durst.«

Auf dem Parkplatz legte sich der Hund sofort unter unseren Silberstern. Ohne dass wir was gesagt hatten. Wir streichelten ihn noch eine Weile, dann stiegen wir in das Wohnmobil. Diesmal ließen wir es auf dem Parkplatz stehen, obwohl wir sonst zum Schlafen immer woanders hinfuhren. Wir waren einfach zu müde. Und außerdem lag ja der Hund unterm Auto.

Mama schmierte Mausi und mich noch ein. Danach gingen wir gleich ins Bett. Vor dem Einschlafen haben wir noch lange geredet. Nicht viel, aber es dauerte lange, weil immer so große Pausen zwischen den Sätzen waren.

Mama: »Der Hund sieht aus wie ein geschminkter Clown, mit den schwarzen Kringeln um die Augen.«

Ich: »Er ist der schönste Hund, den ich je gesehen habe.«

Bobo: »Er wird irgendjemandem gehören.«

Mama: »Er hat kein Halsband. Ich denke, er ist ein Streuner.«

Mausi: »Ich hab schon lange einen Hund gewollt.«

Ich: »Nein, ich! Ich bin älter! Ich will schon länger einen.«

Mama: »Und die Arbeit bliebe dann natürlich an mir hängen.«

Mausi: »Nein! Ich füttere ihn jeden Morgen vor dem Kindergarten. Ehrenwort.«

Mama: »Jetzt schlaft endlich. Wahrscheinlich ist der Hund morgen sowieso schon weg.«

Mausi: »Und wenn nicht, kaufen wir ein Halsband und eine Leine?«

Bobo: »Du spinnst. Und wie sollen wir ihn über die Grenze kriegen, bitte?«

Ich: »Wir könnten ihn zu uns ins Bett legen. Unter die Decke. Da guckt kein Grenzer rein.«

Mausi: »Wieso darf er nicht über die Grenze? Weil er ein Franzose ist?«

Bobo: »Nein. Weil er keinen Impfausweis hat.«

Mama: »Lasst mich in Ruhe. Und außerdem ist er morgen nicht mehr da.«

Bobo: »Und wenn er doch noch da ist?«

Mama: »Dann reden wir morgen weiter.« Sie drehte sich auf die Seite. Ihr Bett knarzte und sie schnaufte.

Dann wurde es still. Mausi schlief bald ein. Ich bemerkte es daran, dass sie sich fester an mich drückte und mir die Hand auf den Bauch legte. Mama und Bobo schliefen auch ein. Ich nicht.

Es war schon ganz dunkel und durch das kleine Fenster konnte ich den Mond sehen.

Ich dachte nach. Heulen Hunde nicht den Mond an? Das hab ich irgendwo mal gelesen.

Nein, unser Hund heulte nicht. Unter dem Silberstern war es ganz ruhig. Und drinnen bei uns auch. Nur Mama schnarchte leise. Von draußen waren die Wellen vom Meer zu hören. Sehr laut, viel lauter als am Tag.

Ich machte die Augen zu. Ich war traurig. Wenn der Hund weggegangen wäre, hätte ich es nicht gehört.

Ich weiß nicht, ob ich geschlafen habe. Aber plötzlich war ich ganz wach. Ich hörte ein Rascheln und riss die Augen auf.

Mama! Im Mondlicht konnte ich sie genau sehen. Sie stieg vorsichtig aus dem Bett und öffnete leise die Tür vom Silberstern. Und schon war sie draußen.

Ich nahm Mausis Hand von meinem Bauch und ging Mama nach. Das war gar nicht so einfach: Ich musste über das große Bett krabbeln, ohne dass Bobo was merkte. Aber ich schaffte es.

Draußen war es nicht richtig dunkel, weil ja der Mond schien. Mama kniete neben dem Wagen auf dem Boden, ich konnte nur ihren Hintern in Bobos Tigerstreifen-Hose sehen. Mit dem Oberkörper lag Mama unter dem Auto.

Ich kniete mich neben sie. »Was machst du denn?«, fragte ich flüsternd. »Ist der Hund noch da?«

Mama fuhr hoch und knallte mit dem Kopf an die Unterkante vom Silberstern. »Hanna! Warum schläfst du nicht?«, fragte sie verlegen und rieb sich den Kopf.

Ich gab ihr keine Antwort und bückte mich. Da sah ich, was Mama gemacht hatte.

Der Hund lag noch unter dem Auto. Er schaute mich an und wedelte. Und er stieß ein zartes, freundliches Fiepen aus. Um seinen

Hals hatte er ... unsere Wäscheleine. Und das andere Ende hielt Mama in der Hand.

Ich grinste, sie auch. Ich konnte es sehen, weil doch der Mond schien. »Ich habe ihn festgebunden«, sagte Mama. »Damit er morgen früh wirklich noch da ist.«

Ich kroch noch ein bisschen weiter unter das Auto. Der Hund drückte seinen Kopf an mich. »Und morgen früh kaufen wir ein Halsband und eine Leine«, sagte ich.

Dazu sagte Mama nichts. Und plötzlich war auch Bobo da. »Was ist denn hier los?«, fragte er verwundert.

Mama sah noch verlegener aus als vorher. Sie murmelte etwas von »armes Tier« und »allein«. Jetzt lachte Bobo und gab Mama einen Kuss. Und dann haben wir ganz lange den Hund gestreichelt. Zu dritt. Und Mausi hat geschlafen.

Schlaf gut, Nora

Carla schläft. Sie schläft abends immer ganz schnell ein.

Sie ist noch dumm, denkt Nora. Carla weiß gar nicht, was sie abends alles verpasst.

Nora schläft nicht. Sie steht auf und geht ins Bad. Sie muss noch mal pinkeln. Dabei schaut sie Mama zu. Mama steht vor dem Spiegel und malt sich den Mund an.

Papa kommt ins Bad. »Nora, jetzt aber dalli«, sagt er. »Komm endlich.«

Papa hat sich auch fein gemacht. Er hat sich sogar frisch rasiert.

Er nimmt Nora an der Hand. Vor dem Telefon bleibt er stehen. Er deutet auf einen großen Zettel neben dem Telefon. Darauf steht eine Telefonnummer. Rechts oben auf dem Zettel ist ein Foto von Tante Sabine. Damit Nora genau weiß, wem die Telefonnummer gehört.

»Wir brauchen nur zehn Minuten, wenn du anrufst«, sagt Papa.

»Ja, ich weiß«, sagt Nora. »In zehn Minuten könnt ihr zu Hause sein. Mach dir keine Sorgen, Papa. Ich bin schon groß. Ich kann auf Carla aufpassen.«

Dann sind Papa und Mama endlich weg.

Nora liegt im Bett. Sie kann nicht einschlafen. In der Zimmerecke gegenüber schnauft Carla tief und fest in ihrem Bett.

Nora überlegt eine Weile. Dann steht sie auf. Das Kinderzimmer ist dunkel. Aber durch die offene Flurtür fällt Licht herein.

Nora geht ins Wohnzimmer und macht den Fernseher an. Der Fernsehsessel ist sehr groß, wenn man allein drin sitzt. Ohne Papa oder Mama.

Auf dem Bildschirm ist es auch Nacht. Licht fällt aus einem erleuchteten Fenster auf eine Hauswand. An der Hauswand klettert ein Mann hinauf. An dem Gitter, an dem sich der Wein hochrankt.

Wie bei unserem Haus, denkt Nora. Bei uns

wachsen auch Weinranken. Aber Papa hat mir verboten, daran hochzuklettern. Das Gitter ist nicht fest genug.

Auf einmal sieht Nora im Fernsehen das Gesicht des Mannes. In Großaufnahme. So groß wie der ganze Bildschirm. Der Mann sieht unheimlich aus. Sehr unheimlich. Seine Augen glühen und sein Mund ist verzerrt.

Das ist bestimmt ein böser Mann. Der führt etwas Böses im Schild, denkt Nora.

»Wartet nur. Ich werde es euch zeigen«, zischt er. »Ihr könnt was erleben!«

Plötzlich hat Nora überhaupt keine Lust mehr fernzusehen. Nora will nicht wissen, was der Mann den Leuten in dem Haus zeigen will. Nora will auch nicht wissen, was die Leute erleben können. Nora will lieber schlafen. Deswegen macht sie den Fernseher aus und geht zurück ins Bett.

Lange liegt Nora und überlegt, was der Mann ... Nein. Sie will es nicht wissen.

Carla dreht sich auf die andere Seite. Aber sie wird nicht wach.

Die hat's gut, denkt Nora. Die kann immer gleich einschlafen. Sie kennt keine dunklen Nachtgedanken.

Raschelt da nicht was draußen vor dem Haus? Nora setzt sich auf und horcht. Dann lacht sie. Das ist nur Donnergrollen, sonst nichts. Und es ist weit, weit weg. Nora braucht keine Angst zu haben. Außerdem war der Mann ja auch nur im Fernsehen.

Nora streckt sich wieder aus.

Die Leute im Fernsehen haben keinen Hund, denkt sie. Hunde bellen nämlich. Dann bekommen Einbrecher Angst. Warum haben die Leute im Fernsehen keinen Hund?

Und dann denkt Nora: Warum haben wir keinen Hund? Ich hätte gern einen. Einen lieben, süßen Wuschelhund, der mich beschützt. Dann könnte ich gut schlafen.

Nora macht die Augen zu und stellt sich den Hund vor. Er hat ein braunes Wuschelfell und braune Augen. Er kommt auf sie zu. Er fiept leise. Er leckt ihr mit seiner rosafarbenen Zunge über die Hand …

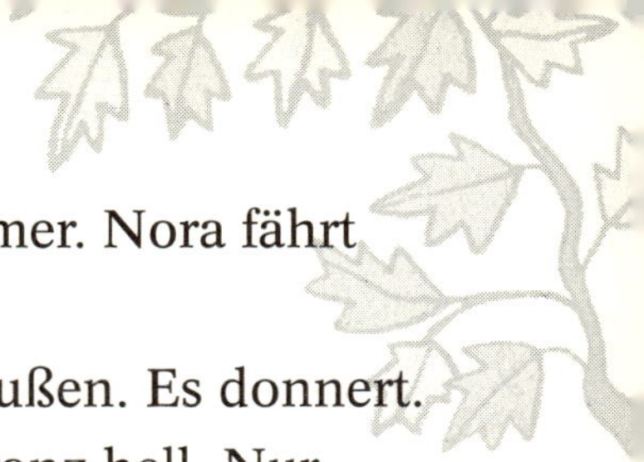

Plötzlich kracht es im Zimmer. Nora fährt hoch.

Nein, das Krachen war draußen. Es donnert. Und dann wird es auf einmal ganz hell. Nur für den Bruchteil einer Sekunde. Aber lange genug, dass Nora ein Gesicht am Fenster sehen kann. Das Gesicht des Mannes aus dem Fernsehen.

Dann ist nichts mehr zu hören und nichts mehr zu sehen.

Ich bin ein Angsthase, denkt Nora. Das habe ich mir alles nur eingebildet.

Aber Nora kann nicht mehr liegen bleiben. Sie steht auf und geht zu Carlas Bett. Carla schläft tief und fest.

Wenn Carla Angst hat, holt sie immer ihre Kuscheltiere.

Nora grinst. Vom Regal neben Carlas Bett nimmt sie die beiden schwarzen Hunde und den Tiger mit dem kaputten Bein. Mit allen drei Tieren geht sie zum Fenster.

Der Mond scheint. Nora macht das Fenster auf. Den Tiger steckt sie mitten in die Wein-

ranken. Er kann mit seinem kaputten Bein sowieso nicht rennen. Die Hunde wirft sie hinunter in den Vorgarten.

»Passt gut auf Carla auf!«, ruft sie ihnen nach.

Ein Hund steht im Blumenbeet, den anderen kann Nora nicht sehen. Vielleicht ist er zwischen den Kräutern gelandet.

Nora macht das Fenster zu. Im letzten Moment. Denn jetzt donnert es wieder. Und kurz darauf blitzt es.

Im Bett stellt Nora sich vor, wie der Mann aus dem Fernsehen über den Zaun klettert. Er geht auf ihr Haus zu. Er ahnt ja nicht, dass ihn die beiden schwarzen Hunde erwarten.

Und was ist, wenn er gar keine Angst vor Hunden hat?, denkt Nora. Was ist, wenn er sie mit einem Messer totsticht? Oder sie mit einer Schnur fesselt und ihnen ein Taschentuch als Knebel ins Maul steckt?

Nora steht auf und rennt zum Zimmer ihres Vaters. Dort, auf der Kommode, stehen die Zinnsoldaten. Die hat Papa von seinem Papa geerbt. Nora darf nicht mit ihnen spielen. Aber jetzt geht es auch nicht um Spielen, denkt Nora. Das ist was anderes.

Sie nimmt zwei Handvoll Soldaten und läuft in ihr Zimmer zurück. Einen neben den anderen stellt sie auf die Fensterbank. Ganz vorn die Soldaten auf den Pferden. Im Mondschein sehen sie gefährlich aus. Und gar nicht so bunt wie am Tag. Hinter die Reiter kommen die Soldaten mit den Kanonen. Und ganz hinten die mit den Säbeln.

So.

Soll er nur kommen, der böse Mann!, denkt Nora und geht zurück in ihr Bett.

Das Gewitter kommt näher. Das Krachen wird lauter. Und immer öfter blitzt es. Am liebsten würde Nora weinen. Aber sie ist groß. Sehr groß.

Sie richtet sich auf und schaut zu Carla hinüber. Die schläft immer noch. Sie weiß überhaupt nicht, wie gut sie es hat. Nora schleicht hinüber zu Carlas Bett. Vorsichtig schiebt sie ihre Schwester zur Wand und legt sich neben sie. Wie warm Carla ist. Nora legt den Arm um sie.

Da – wieder kracht ein Donner. Wieder blitzt es.

Nora sieht kein Gesicht am Fenster. Aber vielleicht hat der Mann gerade noch rechtzeitig sein Gesicht zurückgezogen.

Bellen da nicht die Hunde?

Faucht nicht der Tiger?

Schreien die Soldaten nicht: »Hurra!«?

Nora zieht Carla noch fester an sich. Drückt sie. Schüttelt sie ganz leicht.

Carla dreht den Kopf und macht die Augen auf. Sie lächelt.

»Nora«, sagt sie zufrieden. Und dann schläft sie schon wieder.

Sie soll nicht schlafen, denkt Nora. Diesmal schüttelt sie Carla etwas fester.

Carla wacht nun richtig auf. »Nora«, sagt sie. Und dann sagt sie: »Ein Gewitter. Wo ist Mama?«

»Du weißt doch, Mama und Papa sind bei Tante Sabine«, sagt Nora.

»Du sollst anrufen«, sagt Carla laut und deutlich. »Mama hat gesagt, du sollst anrufen.«

Sie stehen auf. Hand in Hand gehen sie zum Flur. Carla nimmt den Zettel mit den Zahlen und dem Foto von Tante Sabine. Nora drückt die Tasten auf dem Telefon. Eine nach der anderen. Ganz sorgfältig. So, wie sie es mit Papa und Mama geübt hat.

Erst tutet es nur im Hörer. Dann kommt Mamas Stimme.

»Hallo«, sagt Mama. »Bist du es, Nora?«

»Mama«, ruft Nora erleichtert. »Es blitzt und donnert. Carla ist aufgewacht und hat Angst.«

»Ich bin in zehn Minuten zu Hause«, sagt Mama. »Leg dich mit Carla ins Bett und sei ganz lieb zu ihr. Nur zehn Minuten, Nora-Schatz.«

»Ja, Mama«, sagt Nora. Sie legt den Hörer auf, nimmt ihre kleine Schwester an der Hand und geht mit ihr ins Kinderzimmer. Zusammen legen sie sich in Carlas Bett. Und dann ist Nora ganz, ganz lieb zu Carla.

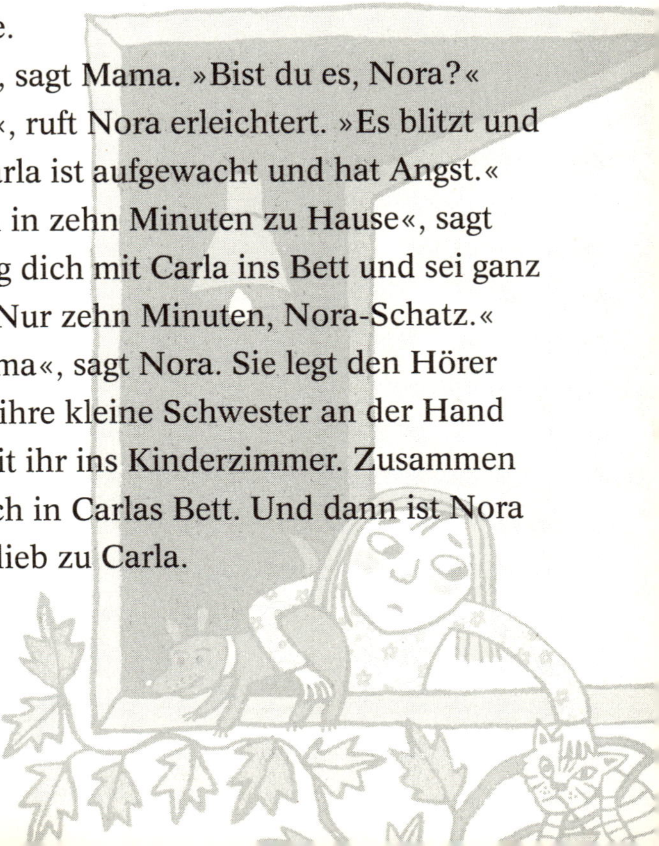

Die Mutprobe im Hochhaus

Rosalius, das kleine Gespenst, flatterte durch die zerbrochene Scheibe hinunter in den Weinkeller. Dort saß seine Mumu und webte an einem neuen grauen Schleier für die Abschlussfeier. »Ich gehe nicht mehr in die Schule«, schrie Rosalius. »Hast du gehört, Mumu? Ich will das nicht. Die ganze Abschlussfeier kann von mir aus in der Sonne vertrocknen!«

»Igittigitt, in der Sonne vertrocknen«, schrie Mumu entsetzt. »Sag doch wenigstens: im Licht zergehen.«

»Nein, in der Sonne vertrocknen«, rief Rosalius. Er riss sich den Nebelumhang vom weißen Gewand. »Stell dir mal vor, was der Weiße Lehrmeister von mir verlangt: Ich soll morgen Nacht im neuen Hochhaus spuken. Als Mutprobe. Warum nicht auf dem Friedhof, wie sich's gehört?«

Mumu wickelte einen neuen silbergrauen Faden auf das Weberschiffchen und arbeitete weiter.

»Auf dem Friedhof hast du doch schon zum Abschluss des Kindergartens gespukt«, murmelte sie. »Jetzt, wo du so groß bist, muss es etwas Schwierigeres sein.«

»Mumuuuuuu«, heulte Rosalius. »Im Hochhaus! Hast du da schon mal reingeguckt? Keine Ecken, keine Winkel, keine Erker! Nicht mal lange Vorhänge, sondern nur Rollläden. Und geheizte Kellerräume mit elektrischem Licht! Und alles so sauber und ordentlich! Wo soll man sich da verstecken? Und was mach ich, wenn ich einen Menschen sehe?«

»Dann machst du ihm einfach Angst«, sagte Mumu.

»Umgekehrt«, jammerte Rosalius leise. »Ich bin kein guter Geisterschüler, Mumu. Ich schaffe die Abschlussprüfung bestimmt nicht.«

»Du musst sie bestehen«, sagte Mumu ernst. »Dein Vater und dein Großvater und dein Urgroßvater haben sie schließlich auch bestanden.«

Rosalius zuckte mit den Schultern. »Ich bin nicht mein Vater und nicht mein Großvater und nicht mein Urgroßvater«, sagte er. »Darf ich noch ein bisschen in die alte Bibliothek?«

»Von mir aus. Aber komm nicht zu spät zurück. Beim ersten Hahnenschrei wird Pupu heimkommen.«

Rosalius nickte. Er schwebte durch den Keller, vorbei an der Folterkammer, die Treppe hinauf. Vergnügt tippte er unterwegs mit dem Finger an die Wände und freute sich, wenn etwas Kalk zu Boden rieselte.

Hier, in der alten Burg, hatte er keine Angst.

Hier fühlte er sich wohl. Besonders in der Bibliothek. Hunderte verstaubter Bücher standen da in alten Bücherschränken. Spinnweben zogen graue Schleier über die Decke. Auf dem staubigen Fußboden wimmelten kleine Käfer und Insekten. Ein gemütlicher Raum. Der schönste Raum, den Rosalius kannte.

Mit seinem Lieblingsbuch »Das Gespenst hinter den sieben Bergen« hockte er sich in einen morschen Sessel und fing an zu lesen.

Plötzlich fiel ein Lichtstrahl durch das blinde Fenster auf das Buch. Rosalius erschrak. Er hatte den Hahn überhört! Die Sonne ging schon auf.

Pupu wird böse sein, dachte er, als er die Stufen hinunterflatterte.

Aber Pupu war nicht böse, er war besorgt. Mumu hatte ihm schon von der Mutprobe erzählt.

»Wenn der Weiße Lehrmeister es verlangt, kann man nichts machen«, sagte er. Er nahm Rosalius auf den Schoß, als wäre er noch ein ganz kleines Gespenst. »Du brauchst dich vor Menschen nicht so zu fürchten«, sagte er.

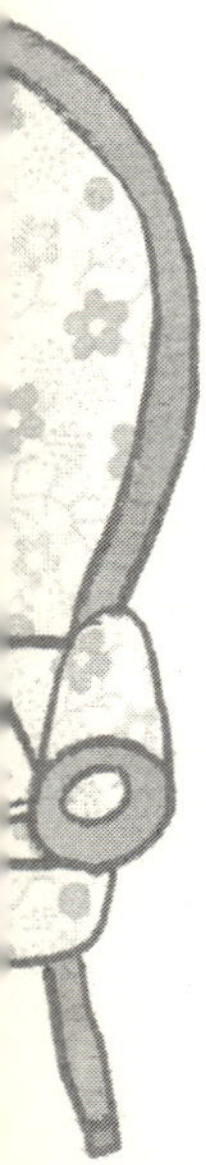

»Wenn du es vor Angst nicht mehr aushältst, weiß ich einen Trick. Ich habe ihn auch schon benutzt. Und davor mein Vater und mein Großvater. Du darfst nur niemandem sagen, dass ich ihn dir verraten habe.«

»Ehrenwort«, versprach Rosalius und schmiegte sich an das Gerippe seines Vaters.

Am nächsten Abend war es so weit. Der Weiße Lehrmeister drückte Rosalius einen silbernen Fingerhut in die Hand und gab ihm die letzten Anweisungen: »Du musst so laut heulen, dass sie Angst bekommen und ihre Türen zuschlagen. Du musst durch die Schlüssellöcher schlüpfen. Du musst sie dazu bringen, dass sie sich in die Ecken verkriechen. Dass ihnen die Angst den Schweiß aus den Poren treibt. Du musst …«

»Ja, ja«, sagte Rosalius. Er steckte den Fingerhut in die Tasche seines wallenden Gewandes. »Ich muss als Beweis ein wenig von diesem salzigen Angstschweiß mitbringen. Mindestens einen halben Fingerhut voll, sonst habe ich nicht bestanden.«

Der Weiße Lehrmeister nickte. Er öffnete die Tür des Schulverlieses und Rosalius schwebte davon.

Draußen schien der Mond. Vollmond. Sein weiches, sanftes Licht fiel auf die Wiese. Das Käuzchen in der alten Kastanie schrie, ein anderes antwortete ihm vom Wald her. Hinter der Wiese erhob sich das Hochhaus. Groß und schwarz zeichnete es sich gegen den Himmel ab. Viele der Fenster waren erleuchtet. Helle, viereckige Flecken in dem dunklen Klotz. Um das Hochhaus herum standen kleinere Häuser. Die waren älter. In denen hätte Rosalius gerne gespukt. Aber er musste ja ins Hochhaus.

Je näher Rosalius der Siedlung kam, umso wärmer wurde es ihm. Ungemütlich warm. Er sehnte sich nach der feuchten Kälte seines Kellers und nach seiner Mumu. Er wusste, dass sie jetzt an ihn dachte.

Er musste die Mutprobe einfach bestehen. Nur wie? Er hatte solche Angst vor Menschen. Doch dann fiel ihm der Trick seines Vaters ein. Der Trick für den Notfall. Er schwebte weiter.

Schließlich stand er vor der großen Tür des Hochhauses. Neben der Tür waren viele kleine, runde Knöpfe und darunter Namensschilder. Rosalius las die Namen langsam durch.

Einer davon gefiel ihm ganz besonders gut: »Schwamm«, im dritten Stock. Was für ein hübscher Name, dachte er. Wie der Schwamm an den Wänden des alten Burgverlieses. Feucht und modrig und kalt. Und außerdem reimt er sich auf »klamm« und »Schlamm«.

Rosalius beschloss, bei »Schwamm« anzufangen.

Das Licht im Treppenhaus schlug ihm grell entgegen. Mühsam schob er sich vorwärts. Tränen stiegen ihm in die Augen und tropften auf sein Gewand.

Der Aufzug quietschte und ratterte. Dann ging die Tür auf und zwei Menschen kamen heraus. Rosalius drückte sich im letzten Moment an die weiße Wand.

Er wandte das Gesicht ab, damit sie ihn nicht an den hohlen Augen erkennen konnten. Als die Haustür hinter den beiden Menschen zufiel, atmete er erleichtert auf. Im zweiten Stock waren die Wände rosa angestrichen. Zum Glück tauchte hier kein Mensch auf. Sonst hätte Rosalius sich an die weiße Decke hängen müssen. Wie eine Fledermaus. Eine äußerst unbequeme Haltung.

Endlich erreichte Rosalius den dritten Stock. Hier waren die Wände hellblau. Schnell wutschte er von einer Tür zur anderen, bis er die richtige gefunden hatte. »Schwamm« stand auf dem Schild unter dem Klingelknopf.

Rosalius drückte sein Ohr an die Tür. Nichts war zu hören, es war ganz still. So schnell er konnte, zwängte er sich durch das enge Schlüsselloch.

Was für ein schöner, dunkler Flur! Nur durch den Spalt einer angelehnten Tür fiel ein wenig Licht herein.

Rosalius linste in das erleuchtete Zimmer. Ein Mann saß da in einem Sessel und hatte ein Buch in der Hand. Das ist gut, dachte Rosalius. Wenn jemand gern liest, kann er nicht so schlimm sein.

Der Mann war sehr alt und hatte eine dicke Brille auf. Sie blitzte im Licht der Stehlampe, wenn er den Kopf langsam hin- und herbewegte. Ab und zu griff er nach einem Glas mit Wein und nahm einen Schluck. Er sah nett aus. Wirklich. Ein bisschen wie Onkel Theophrastus Bombastus, dachte Rosalius. Der hat auch so tiefe Ringe unter den Augen.

Er schaute dem Mann neugierig zu. Der merkte nichts. Er blätterte eine Seite um und trank wieder einen Schluck Wein. Wie kann ich ihm nur Angst machen, überlegte Rosalius.

Er zog den silbernen Fingerhut aus der Tasche und nahm seinen ganzen Mut zusammen.

»Huhuuuuuuu«, heulte er und stürzte auf den Mann zu. Der ließ erstaunt das Buch sinken und sah Rosalius an. Aber er schrie nicht. Er verkroch sich nicht in die hinterste Zimmerecke. Und nicht der kleinste Tropfen Angstschweiß erschien auf seiner Stirn.

Er nahm einfach nur die Brille ab und putzte sie mit einem großen, karierten Taschentuch.

»Na, so was«, murmelte er. »Ich sollte

abends keine Gespenstergeschichten mehr lesen. Das bekommt mir nicht.«

»Huhuuuuuuu«, machte Rosalius und ließ seine Stimme noch schauriger klingen.

Der Mann schüttelte den Kopf. »Jetzt sehe ich schon Gespenster«, sagte er laut. »Gut, dass ich gerade gelesen habe, was gegen Gespenster hilft: Schnittlauch. Mal sehen, ob das wirklich funktioniert.« Er stand auf und ging in die Küche.

Rosalius war vor Schreck ganz weiß geworden, was man bei einem weißen Gespenst natürlich nicht sieht. Er verkroch sich in die hinterste Zimmerecke. Doch der alte Mann hatte ihn bald entdeckt und hielt ihm ein Bund Schnittlauch vor die Nase. Dazu murmelte er: »Nimm Schnittelauch, nimm Schnittelauch, und dem Gespenste platzt der Bauch.«

Rosalius merkte, wie er dicker und dicker wurde. Bald würde er tatsächlich platzen. Das war ein Notfall! Verzweifelt flüsterte er den geheimen Spruch seines Vaters: »Dreiunddreißig Vogelspinnen können nicht wie Vögel singen.

Wind, Wind, mach geschwind, mach mich zu einem Menschenkind.«

Und vor den erstaunten Augen des Mannes verwandelte sich Rosalius in einen kleinen Jungen. Er hatte ein weißes Nachthemd an und seine Haare waren auffallend hell, auch seine Augen. Aber sonst sah er ganz normal aus. Nur komisch, er hatte einen silbernen Fingerhut in der Hand.

Herr Schwamm, der alte Mann, ließ sich verblüfft in seinen Sessel fallen und schüttelte den Kopf. »Dass Schnittlauch so eine Wirkung hat, hätte ich nicht geglaubt«, sagte er.

»Es ist eine Gemeinheit, einem Gespenst Schnittlauch vor die Nase zu halten«, sagte Rosalius böse. »Dabei habe ich gedacht, Sie wären ein netter Mensch, weil Sie so einen hübschen Namen haben.«

Der Mann hörte überhaupt nicht auf, den Kopf zu schütteln. Dann sagte er: »Entschuldige. Ich bringe den Schnittlauch zurück in die Küche. Und dann erklärst du mir alles. Versprochen?«

Rosalius nickte.

»Ehrenwort?«, fragte Herr Schwamm. Rosalius nickte wieder. Was sollte er auch sonst tun? Er kauerte sich auf das Sofa und wartete, bis Herr Schwamm wiederkam.

Dann saßen sie sich gegenüber und Rosalius begann zu erzählen. Herr Schwamm hörte aufmerksam zu. »Und ich muss einen halben Fingerhut voll Angstschweiß mitbringen, sonst habe ich die Prüfung nicht bestanden«, beendete Rosalius seine Geschichte.

»So was Verrücktes habe ich noch nie gehört«, sagte Herr Schwamm. »Zu komisch, wirklich!« Und auf einmal fing er an zu lachen. Er schlug sich auf die Schenkel. Er nahm die Brille ab, weil ihm vor lauter Lachen Tränen über die Wangen liefen. Besonders, als Rosalius auch noch sagte: »Sie sehen meinem Onkel Theophrastus Bombastus ähnlich.«

»Theophrastus Bombastus«, grölte Herr Schwamm und die Lachtränen kullerten nur so. Und da hatte Rosalius eine Idee. Er streckte die Hand aus und fing die Lachtränen mit seinem

Fingerhut auf. Darüber musste Herr Schwamm noch mehr lachen. Der ganze Fingerhut war bald voll. Vorsichtig stellte Rosalius ihn auf den Tisch. »Tränen sind doch genauso salzig wie Angstschweiß, nicht wahr?«, fragte er besorgt.

Her Schwamm konnte vor Lachen nur nicken. Doch dann beruhigte er sich langsam. »Was für ein vergnüglicher Abend«, sagte er schließlich. »So viel gelacht habe ich schon lange nicht mehr. Vielleicht noch nie. Weißt du was, ich hole mir noch ein Glas Wein und wir erzählen uns Geschichten. Aber vorher verwandelst du dich wieder in ein Gespenst, ja?«

Damit war Rosalius natürlich einverstanden. Was gibt es Schöneres als Geschichten?

Und in der Gestalt des kleinen Jungen fühlte er sich ohnehin nicht wohl. Er flüsterte: »Dreiunddreißig Vogelspinnen können nicht wie Vögel singen. Wind, Wind, mach geschwind, mach mich zum Gespensterkind.«

Als Herr Schwamm mit einem neuen Glas Wein aus der Küche zurückkam, saß ein Gespenst auf seinem roten Plüschsofa. Rosalius.

Und gegen Morgen, der Himmel wurde schon langsam grau, begleitete Herr Schwamm seinen Gast bis hinunter zur Tür. »Besuch mich mal wieder«, sagte er. »Bitte.«

Rosalius versprach es gerne. Langsam, wie ein Nebelschwaden, schwebte er zwischen den Häusern hindurch zur Wiese. In der Hand trug er vorsichtig den randvollen Fingerhut. Der Weiße Lehrmeister würde nicht merken, dass es kein echter Angstschweiß war. Und Lachtränen hatte Rosalius eigentlich auch viel lieber.

Das Sonntagsessen

»Wir gehen heute essen«, sagt Papa. »In Neustadt gibt es ein neues Restaurant. Katja, du musst einen anderen Pulli anziehen, der ist schmutzig.«

»Ich will nicht essen gehen«, sagt Katja. »Das ist immer so langweilig.«

»Aber wir wollen«, sagt Papa. »Wir haben keine Lust, sonntags zu kochen.«

»Wir könnten Pfannkuchen machen«, schlägt Fips vor. »Pfannkuchen schmecken immer gut.«

Papa besteht auf dem Essengehen. Mama ist noch im Badezimmer. Man braucht sie allerdings auch nicht zu fragen. Sie will immer essen gehen.

»Ich möchte mein Malbuch mitnehmen«, sagt Fränze. »Ohne Malbuch gehe ich nicht.«

Papa wird langsam rot im Gesicht. Auf seiner Stirn bilden sich zwei Falten. Deshalb zieht Katja ihr neues rotes Sweatshirt an und sucht nach dem Buch mit den wilden Mädchen. Sie findet es aber nicht und steckt stattdessen eine Schachtel Minibausteine ein. Besser als gar nichts.

Inzwischen ist Mama auch fertig. Sie hat sich eine Ausgehfrisur gemacht und drei Ketten umgehängt. Papa fährt das Auto aus der Garage und alle steigen ein. Es geht los.

Zwischen der Tankstelle und den ersten Häusern von Neustadt sagt Katja zu Fips: »Mach dich nicht so fett, du blöder Affe!«

Fips gibt ihr einen Rippenstoß. Und Fränze jammert, weil ihr roter Buntstift abgebrochen ist. Und sie hat keinen Spitzer dabei.

Das neue Restaurant ist sehr fein. Alles weiß

und rosa. »Wir setzen uns lieber in den Garten«, sagt Mama. »Es ist ja schön warm.«

Unter zwei Kastanienbäumen stehen auch weiß gedeckte Tische. Mama setzt sich zwischen Katja und Fips. Vorsichtshalber. Fränze kommt neben Papa. Der Kellner hat einen schwarzen Frack und ein weißes Hemd an.

»Haben Sie einen Spitzer?«, fragt Fränze. Sie muss zweimal fragen, dann versteht er sie erst und bringt einen Spitzer. Er sieht aus wie eine Elster, denkt Fränze.

Der Kellner fragt nach den Wünschen. Da bestellt Fränze, was sie am liebsten isst: Pommes mit Ketchup, dazu Apfelsaft.

Papa zuckt mit den Schultern und Mama sagt: »Kinder, Sie verstehen!«

Der Kellner sagt nichts. Er schreibt Pommes mit Ketchup und Apfelsaft auf.

Fips und Katja bestellen sich das Menü eins. Auch mit Apfelsaft, weil Mama gegen Cola ist.

Die Sonne scheint, Katja und Fips langweilen sich. Fränze malt einem Weihnachtsmann einen roten Mantel. In den Kastanienbäumen zwitschern Vögel. An den Nachbartischen reden die Leute leise miteinander.

Katja macht die Schachtel auf und holt die Minibausteine heraus. Dabei stößt sie ihr Glas mit Apfelsaft um. Der Kellner hat es gesehen. Er kommt mit einer frischen Tischdecke. Fränze mault, weil sie so lange ihr Malzeug auf den Schoß nehmen muss. Papa macht ein Gesicht, als würde er am liebsten schimpfen.

Dann kommt die Suppe. Fränze will bei Mama probieren und stößt ihr Glas mit Apfelsaft um. Der Kellner hat es gesehen, er kommt mit einer frischen Tischdecke. Diesmal dauert es länger, weil die Suppenteller erst vom Tisch geräumt werden müssen. Mama geht mit Fränze zum Klo, um ihr den Apfelsaft von der Hose zu waschen. Papa macht ein Gesicht, als würde er schimpfen. Aber nur innerlich.

Das Essen kommt. Die Pommes mit Ketchup sind prima. Fränze ist vollkommen zufrieden. Fips aber nicht. Er weigert sich, das Fleisch zu essen, weil grüne Pfefferkörner darauf liegen.

»Ich mache sie dir runter«, sagt Mama. Fips

rückt zur Seite. Dabei stößt er sein Glas mit Apfelsaft um. Der Kellner hat es gesehen und kommt mit einer frischen Tischdecke.

»Wir hätten doch lieber Pfannkuchen machen sollen«, sagt Papa seufzend beim Bezahlen.

»Hab ich doch gesagt«, sagt Fips. »Aber mir glaubt ja keiner.«

Sieben
und eine Hex

Montag

An einem wunderschön düsteren, nebligen Montagmorgen im November fuhren sie ins Schullandheim. Sechs brave Hexlein mit struppigen Haaren, dreckigen Fingernägeln und ungeputzten Zähnen. Wie sich's gehört. Nur die siebte, Sagrotana, die Reinliche, fiel aus der Rolle. Die Wettervorhersage war gut gewesen:

Sturm, Nebel, Regen, Hagelschauer. Und Neumond war auch. Für den Transport hatte die Schulleitung einen drei Meter langen Besenbus bestellt.

Die sieben Hexlein und ihre oberste Oberlehrerin, Madame Wisebrise, kletterten darauf und schon ging's los. Der Sturm trieb den Besenbus durch die Lüfte, dass es eine Wonne war. Die Hexlein grölten und jaulten und wimmerten vor Vergnügen, denn sie hatten auf diesen Ausflug schon viele Jahre gewartet.

Das Schullandheim war eine alte, halb zerfallene Burg im Harz. Auf dem großen Brocken. Einmal im Jahr, in der Walpurgisnacht, fand hier das große internationale Hexentreffen statt. Sonst diente das Gemäuer als Tagungsstätte und Schullandheim.

Die Hexlein kamen am frühen Nachmittag an, und alles war, wie es sein sollte. Es nebelte graue Dunstschwaden und die Hexlein stoben durch den Wald. Sie ärgerten Touristen mit Rucksäcken und roten, wollenen Kniestrümpfen, die sich trotz des schlechten Wetters unerschrocken auf eine Wanderung begeben hatten. Selber schuld!

»Früher gab es hier noch alte Holzweiblein zum Ärgern«, sagte Madame Wisebrise wehmütig. Doch die Hexlein fanden Touristen viel schöner. Die konnten schneller rennen, wenn man sie erschreckte. Und Mitleid brauchte man auch nicht mit ihnen zu haben.

Zum Abendessen gab es Pfannkuchen aus Wachtelweizen, dazu Kratzdistelsauce. Dann sanken alle sieben ermattet auf ihre Strohsäcke und ließen sich von Fledermäusen in den Schlaf zischeln. Nur Madame Wisebrise lag noch eine Weile wach, dachte an früher und wischte sich gerührt einen Tropfen von der Nase.

Dienstag

Doch am nächsten Tag schien die Sonne. Sie knallte vom Himmel, dass es den Hexlein heiß und kalt über den Buckel lief. »Auf die Wetterfrösche kann man sich auch nicht mehr verlassen«, schimpfte Madame Wisebrise. »Es tut mir leid, Kinder, bei diesem Wetter könnt ihr nicht raus.«

»Und was machen wir jetzt?«, fragte Espritta mit den grünen Zottelhaaren. »Mir ist langweilig.« Sie war besonders schlau und deshalb wurde ihr auch besonders schnell langweilig.

»Fliegen lernen«, sagte Madame Wisebrise. »Im großen Kellergewölbe stehen Übungsbesen. Wir üben Starten und Landen. Los, Kinder, an die Arbeit.«

»Kein Sport, bitte«, sagte Oliebolle, die Dicke, die sonst selten etwas sagte. Aber es half ihr nichts. Natürlich erwischte sie mit ihrem breiten Hintern den dünnsten Besen, und natürlich fiel sie bei jedem dritten Landeversuch auf ihre lange Nase. Deshalb schlich sie sich auch bald davon. Zum Glück. Denn sie entdeckte einen wunderschönen, gemütlichen Raum, in der hintersten Kellerecke, direkt nach dem Burgverlies. Der Raum war voller Spinnweben, Asseln und Silberfischchen und angenehm düster. Und es roch nach feuchten Taschentüchern und Schimmel. Begeistert rannte Oliebolle zurück. »Kommt alle mit«, schrie sie. »Schaut, was ich entdeckt habe.«

Die anderen Hexlein rannten ihr nach und Madame Wisebrise blieb allein zurück. Mit sieben Übungsbesen.

Nachmittags bauten sich die Hexlein aus dem Raum einen Partykeller. Dort nahmen sie auch ihr Abendessen ein, das aus Brennnesselsaft und Matschmallows bestand.

Latifundia trank den letzten Schluck, rülpste laut und fragte: »Und was machen wir jetzt? Ich kann noch nicht schlafen. Zu Hause liest mir mein Kindermädchen immer was vor, wenn ich nicht einschlafen kann.«

»Wir könnten uns ja Geschichten erzählen«,

schlug Mirabelle vor, eine kleine, sanfte Hexe, die zu ihrem Kummer richtig blond war. Dafür hatte sie aber eine bezaubernde, verträumte Warze am Kinn.

»Eine gute Idee«, sagte Espritta und Sagrotana reinigte sich mit einem Birkenzweig die Fußnägel.

Latifundia hob den Kopf. »Und wer fängt an?«

»Immer der Rabe, der krächzt«, nuschelte Espritta. Sie legte sich gemütlich zurecht und ließ sich von ihrer Freundin Salamandis die grünen Zottelhaare kraulen.

»Gut«, sagte Latifundia. »Ich erzähle euch eine Geschichte, die fast wahr ist. Sie ist meiner Cousine Kosinante passiert.«

»Hoffentlich ist sie auch lehrreich«, sagte Wabelgunde.

Espritta warf ihr einen giftigen Blick zu. Sagrotana fing ein Silberfischchen, setzte es in eine Spinnwebe und beobachtete, wie es zappelte. Dann drehte sie sich um. »Keine langen Vorreden«, sagte sie. »Wir sind hier nicht in der Schule. Fang an.«

Oliebolle rieb sich ihren schmerzenden Hintern und Latifundia fing an zu erzählen:

Im Wald war es stockfinster und höllenschwarz. Die kleine Hexe Kosinante saß auf einem Moospolster unter einer alten Eiche und weinte. Sie hatte sich nämlich verlaufen. Das kann jeder Hexe mal passieren. Das Blöde war nur, dass es Kosinante in der letzten Zeit mehrmals passiert war. Genau dreimal in zwei Monaten. Und zwei Monate sind für Hexen keine Zeit, das weiß ja jeder.

Kosinante schniefte und wischte sich die Tränen aus den Augen. Tante Literata wird sauer sein, dachte sie. Und ihre Augen werden glühen wie die Holzscheite, die jetzt eigentlich im Herd glühen sollten.

Wenn Kosinante Feuer angemacht hätte. Aber das hatte sie leider nicht getan. Sie hatte auch nicht die Fliegenpilze im Wohnzimmer gegossen.

Etwas Weiches berührte ihre Hand. Kosinante erschrak. Aber in diesem Moment kam der Mond hinter einer Wolke hervor und warf einen Streifen milchiges Licht durch die Bäume. Der Lichtstreifen fiel direkt auf einen kleinen, hellbraunen Hasen. Er saß neben Kosinante auf dem Moos und schaute sie mit dunklen, sanften Augen an. Sie nahm ihn auf den Schoß und kraulte ihn zwischen den langen Löffeln.

»Du bist lieb«, sagte sie, »aber helfen kannst du mir nicht. Ich muss einfach warten, bis Tante Literata von der Buchmesse zurückkommt, mich vermisst und nach Hause hext. Und dann kann ich was erleben, was ich eigentlich nicht erleben möchte.«

Der Hase bewegte mitleidig die Ohren.

Warten ist langweilig, sogar wenn man einen lieben, kleinen Hasen zur Gesellschaft hat. Der Mond verschwand wieder hinter einer Wolke, weiter weg schrie ein Uhu. Dann schrie er noch einmal, diesmal lauter und drohender. Und plötzlich wurde Kosinante von einem Windstoß erfasst und durch die Luft gewirbelt. Im letzten Moment gelang es ihr, den Hasen zu schnap-

pen und festzuhalten. Ihre Haare flatterten im Wind und die Löffel des Hasen klapperten wie die Rotorblätter eines Hubschraubers. Auf einmal standen sie bei Kosinante zu Hause, mitten in der Hexenküche. Es war kalt. Auf dem Herd brutzelte kein Essen und heißen Kratzdisteltee gab es auch nicht.

»Faules Kind!«, schimpfte Tante Literata mit giftgrünem Gesicht und kohlenglühenden Augen. »Wo hast du dich denn wieder herumgetrieben? Und was hast du da im Arm? Einen Hasen? Auf der Stelle raus mit ihm!«

»Er ist so lieb, Tante Literata. Ich möchte ihn behalten, bitte, bitte«, bettelte Kosinante.

»Lieb«, schnaubte Tante Literata. »Lieb! Wenn ich so was schon höre! In einem Hexenhaus gibt's keine Haustiere außer Raben, Krähen und Katzen. Und vielleicht mal eine Fledermaus. Raus mit dem Vieh, aber dalli! Und dann mach dich an die Arbeit!«

Kosinante wischte sich eine Träne von der Backe und strich ihre weinroten Haare zurück. Seufzend brachte sie den Hasen in den Schup-

pen hinter dem Haus. Dort standen nur Tante Literatas alte Besen. Bei dem einen funktionierten die Bremsen nicht mehr richtig, und der andere, ein ganz alter, war nur noch mit Streicheln und gutem Zureden in die Luft zu bringen. Ihren neuen Besen stellte Tante Literata stets im Flur ab.

Ganz hinten im Besenschuppen stand eine alte Holzkiste. Dahinein setzte Kosinante den kleinen Hasen. »Nur vorläufig«, flüsterte sie ihm ins linke Ohr. »Es fällt mir schon etwas ein.«

Dann rannte sie schnell ins Haus und machte Feuer an. Abends im Bett dachte sie so lange nach, bis ihr tatsächlich etwas einfiel.

Am nächsten Tag, als Tante Literata zur Buchhandlung geflogen war, setzte sich Kosinante an den Küchentisch und klappte das große bebilderte Hexenbuch auf. Der Hase saß auf ihrem Schoß und knabberte an einer Karotte. Kosinante blätterte und las. Endlich hatte sie die richtige Stelle gefunden.

»Abrakadabra, Hasakakatza«, sagte sie

und bewegte die Hände in kreisenden Bewegungen über den Hasenohren. Eine Dampfwolke stieg auf. Und als sie sich verzogen hatte, saß auf Kosinantes Schoß eine Katze. Eine hübsche, hellbraune Katze. Sie knabberte an einer Karotte und ihre Ohren waren ein bisschen lang. Aber sie konnte richtig schnurren und das war schließlich die Hauptsache.

Latifundia lehnte sich aufatmend zurück.

»Das war eine sehr schöne Geschichte«, sagte Madame Wisebrise. »Und was lernen wir daraus?«

»Wir lernen daraus«, sagte Wabelgunde, »dass jedes Hexlein zum richtigen Zeitpunkt ein gutes Buch zur Hand haben sollte.«

»Sehr gut«, lobte Madame Wisebrise.

»Und«, sagte Espritta, »dass man sich nicht alles gefallen lassen soll. Man muss nur so lange nachdenken, bis einem was einfällt.« An ihrem Nuscheln merkte man, dass sie ein bisschen müde geworden war.

»Und jetzt kommt das Wort zum Sonntag«,

sagte Sagrotana mit einer feierlich hohlen Stimme. »Wenn Tanten streiten, muss man sie meiden.«

»Nicht nur Tanten«, flüsterte die sanfte Mirabelle.

Mittwoch

Am nächsten Tag schien die Sonne noch strahlender als am Tag zuvor. Die Hexlein zogen lange Gesichter und schimpften auf alle Wetterfrösche und Knallfrösche und Seid-keine-Frösche der Welt.

»Könnten wir nicht die Wetterhexen bestellen?«, fragte Latifundia, die daran gewöhnt war, dass sich alles mit Geld regeln ließ.

Doch Madame Wisebrise schüttelte den Kopf. »Die kosten mehr, als die Schule sich leisten kann, das wisst ihr doch. Nein, heute gehen wir hinunter zur eingestürzten Folterkammer, und ich zeige euch, wie man aus Trümmern und Schrott ein schmuckes Hexenhäuschen baut. Wenn ihr schön fleißig seid, gehen wir nach dem Abendessen wieder in den Partykeller.«

Das Hexenhausbauen war wirklich nicht so schlimm. Es machte sogar Spaß. Besonders, als eine Wand zusammenkrachte und Oliebolle mit einem blauen Auge darunter hervorkroch. Zum Abendessen gab's Spiegeleier auf Kürbisbrei. Oliebolle bekam noch eine Portion extra, sie hatte Trost nötig.

»Und wer erzählt heute eine Geschichte?«, fragte Sagrotana.

»Ich weiß leider nur ein Gedicht«, sagte Mirabelle. »Aber wenn ihr es vielleicht möglicherweise eventuell hören wollt …« – »Los«, sagte Salamandis ungeduldig. »Fang an!«

Mirabelle stellte sich vor die anderen hin, machte einen Knicks und deklamierte:

Wenn schräg tagnachts der Klubu schreint
und lasch der Lamenturo weint,
die Warzenwogen schlingen,
dann will ich wallewalle wingen.
Wenn aus dem Wald der Wodu wiebelt,
der Hodudodu sich bekriebelt,
die Sagabundas ächzkrächz singen,
dann will ich wallewalle wingen.
Und wenn der Nebuloso schleift
und Akakazias heiß bereift,
die Wiebelkiebel klingen,
dann will ich wallewalle wingen.

Mirabelle setzte sich schnell wieder hin und schlug die hübschen Triefaugen nieder. Sie war ein bisschen verlegen, weil die anderen sie so angeschaut hatten. Daran war sie nicht gewöhnt.

Madame Wisebrise hatte mit versunkenem Blick zugehört. »Was für ein schönes Gedicht«, sagte sie und seufzte ergriffen. »So gefühlvoll.«

»Gefühlvoll bescheuert!«, flüsterte Espritta Salamandis zu. »Ich kenne auch einen Esel, der solche Gedichte macht.« Laut sagte sie: »Aus diesem Gedicht lernen wir nichts. Deshalb reicht das auch noch nicht für heute. Stimmen wir ab. Wer ist für noch eine Geschichte?«

Sechs dreckige und ein sauberes Zeigefingerchen schnellten in die Höhe.

»Gut«, sagte Madame Wisebrise. »Ausnahmsweise. Aber keine Geschichte, sondern noch ein Gedicht. Wer weiß eins?«

»Ich«, sagte Oliebolle und wurde so rot, dass ihr blaues Auge besonders blau aussah. »Eine Ballade.« Espritta stöhnte und Oliebolle fing an:

Die Ballade von Albunda und ihrem Kind

Wer köchelt so früh schon im Hexenhaus?
Albunda ist's mit dem Zauberschmaus.
Die Dampfwolken wogen im Winde.
Albunda, sie schnippelt und raspelt und reibt,
bis von den Kartoffeln nichts übrig bleibt,
denn Albunda kocht für ihr Kinde.

Die Katze, die schwarze, sie schnuppert und schnurrt
und buckelt, weil ihr der Magen knurrt,
doch sie findet vom Brot nur die Rinde.
Albunda streut Salz und rührt dann ein Ei
in die Kartoffeln, bis dass es ein Brei.
Ja, Albunda kocht für ihr Kinde.

Und vor dem Hause, da pfeift es und kracht,
es heult noch der Sturm von der letzten Nacht
und es rascheln die Blätter der Linde.
Die Raben, sie ächzen und krächzen und schrein,
die Schwaden des Nebels hüllen sie ein.
Und Albunda kocht für ihr Kinde.

Die Pfanne wird heiß und es brutzelt das Fett,
die Düfte ziehn zu des Kindes Bett
und umwehen es lockend und linde.
Die Bettstelle knarzt, es hebt sich das Tuch,
dem Lager entsteigt ein fremder Geruch.
Doch Albunda kocht für ihr Kinde.

Vom schmutzigen Lager, die Beine ganz nass,
erhebt sich das Kind, das Gesicht rot und blass,

und versteckt sich hinter dem Spinde.
Die Raben, sie kichern, die Katze, sie lacht.
»Albundas Kind hat ins Bett gemacht.«
Und Albunda kocht für ihr Kinde.

Oliebolle schwieg und Mirabelle stieß einen tiefen Seufzer aus.

»Und wir lernen daraus«, sagte Wabelgunde, »dass man nie ins Bett pinkeln soll, wenn Raben oder Katzen zuschauen.«

Madame Wisebrise wischte sich eine Träne der Rührung ab. »Ich liebe Balladen«, sagte sie. »Wisst ihr überhaupt, dass es eine Gedichtform gibt, die nach uns benannt ist? Sie heißt Hexameter.«

»Und wie geht ein Hexameter?«, fragten die Hexlein.

»Es kommt nur auf die Betonung an«, sagte Madame Wisebrise. »Hört zu: Kommet, ihr Hexlein, die Nacht sinkt hernieder, ihr müsst jetzt ins Bettchen. Dort sollt ihr, so will ich's, die ganze Nacht schlafen, mit Uhu und Frettchen.«

»Langweilig«, sagte Espritta. »Ich glaube,

Hexameter gefallen mir nicht. Dann schon lieber Balladen.«

Die anderen Hexlein nickten zustimmend.

»Und wo bleibt das Wort zum Mittwoch?«, fragte Latifundia, der so viel Rührung auf die Nerven ging.

»Ein Wort zum Mittwoch gibt es nicht«, sagte Sagrotana und grinste. »Dafür aber das Wort des Tages: So manches Mal bringt ein Gedicht die Hexen aus dem Gleichgewicht.«

»Das ist aber ein schönes Gefühl«, meinte Mirabelle. Und Espritta träumte in dieser Nacht von weinenden Lamenturos und krächzenden Sagabundas und schwitzte fast ihren ganzen Strohsack durch.

Donnerstag

Am vierten Tag regnete es glücklicherweise. Alle sieben Hexlein tobten durch den Wald und kugelten über die Hänge und ärgerten den Oberförster und seine Haushälterin. Espritta hatte besonders viel Glück. Sie erwischte den Hut des Oberförsters und tanzte lockend vor ihm her durch den Wald. Die übrigen Hexlein schauten zu und hielten sich die Bäuche vor Lachen, weil der Oberförster dauernd über seine großen Füße stolperte. Und Mirabelle freundete sich mit einer Wildschweinmutter und ihren sieben Kinderchen an. Abends gab es Zauberschmaus aus Wundertüten. Alle waren sie müde und erschöpft. Trotzdem wollten sie nicht auf das Geschichtenerzählen verzichten.

»Gut«, sagte Madame Wisebrise. »Ich werde euch heute eine Geschichte erzählen, die ich neulich in einem Buch gelesen habe.«

»In einem Hexenbuch?«, fragte Wabelgunde.

Madame Wisebrise schüttelte den Kopf.

»Nein, in einem Menschenbuch. Aber es kommt eine Hexe drin vor.«

»Bestimmt ein ödes Gelaber«, sagte Espritta leise zu Salamandis. »Bitte, kraul mich, sonst muss ich heulen vor Langeweile.«

Salamandis nahm Esprittas Kopf auf die Knie und Madame Wisebrise fing an zu erzählen:

Frau Maier wunderte sich. Seit mehreren Tagen lagen jeden Morgen frische Semmeln auf ihrem Küchentisch. Zwei. Mehr vertrug sie ohnehin nicht mehr. Seit mehreren Tagen hatte sie auch ein Ei zum Frühstück. Und Schinken. In einer Packung vom Supermarkt um die Ecke.

Frau Maier wunderte sich. Aber sie erzählte lieber nichts von ihrem geheimnisvollen Frühstück. Auf gar keinen Fall Frau Strobl, ihrer Nachbarin. Die könnte sonst noch glauben, dass Frau Maier klaute. Und das wäre gelogen. Frau Maier hatte in ihrem ganzen Leben noch nie etwas gestohlen und in ihrem Alter legt man sich keine neuen Gewohnheiten zu.

Am Sonntagmorgen gab es keine Semmeln,

sondern nur Weißbrot. Aber das war auch nicht schlecht. Frau Maier kochte das Ei, schnitt sich zwei Scheiben Brot ab, belegte sie mit Schinken und goss sich Kaffee ein. Mit viel Milch. Dann setzte sie sich gemütlich an den Tisch und fing an zu frühstücken. Dazu las sie die Zeitung vom Samstag.

»Die neue Armut«, las sie laut. »Es gibt immer mehr arme Rentner. Fleisch und Wurst können sie sich nur selten leisten.«

Frau Maier ließ die Zeitung sinken. »Ja, das ist wahr«, sagte sie und biss in ihr Brot.

»Das hat man gerne«, sagte plötzlich eine Stimme ihr gegenüber. »Schinken im Schnabel und laut jammern. Hast du nicht alles, was du brauchst? Willst du etwa ein Wiener Schnitzel zum Frühstück?«

Frau Maier verschluckte sich vor Schreck und musste husten. »Wa-wa-wa-was … ? We-we-we-wer …?«, stotterte sie.

»Ich«, sagte die Stimme wieder. Sie kam vom zweiten Stuhl, da, wo Herr Maier selig früher immer gesessen hatte.

Frau Maier setzte sich gerade hin. »Wer bist du?«, fragte sie streng. »Ich kann dich nicht sehen.«

Vom Stuhl kam ein Kichern. »Kein Wunder. Ich habe mich unsichtbar gehext. Unsereiner hat das lieber.«

»Gehext?«, fragte Frau Maier. »Unsichtbar?«

»Ja. Und jetzt lies weiter vor. Mir ist langweilig.«

Frau Maier hob folgsam die Zeitung und las weiter vor. Von den armen alten Leuten, die von ihrer Rente nicht leben und nicht sterben können.

»Hör auf zu jammern«, sagte die Stimme. »Ab jetzt reicht dir deine Rente. Ich bleibe nämlich bei dir. Du bist alt und allein und ich bin alt und allein. Sind wir eben zu zweit alt und allein.«

»Dann will ich dich aber auch mal sehen«, sagte Frau Maier. »Schließlich nimmt man nicht einfach Leute bei sich auf, die man noch nie gesehen hat.«

Die Stimme zögerte. »Gut, aber nur für einen Moment.«

Plötzlich tat es einen Knall, als hätte ein Flugzeug die Schallmauer durchbrochen. Und auf dem zweiten Stuhl saß eine alte Frau. Sie sah aus wie Frau Maier. Sie hatte sogar genau die gleiche blau karierte Schürze umgebunden. Dann knallte es noch mal und der Stuhl war wieder leer.

»Keine weiteren Fragen«, sagte die Stimme. »Sonst ist dein Frühstück in Gefahr.«

»Schon gut, schon gut«, sagte Frau Maier schnell. »Sag mal, kannst du mir nicht mal eine Dose Lachs hexen? Ich esse so gerne Lachs.«

»In Ordnung«, sagte die Stimme. »Aber nicht heute, heute haben die Geschäfte geschlossen.«

Zwei Tage später hatte Frau Maier Lachs zum Frühstück. Und vier Semmeln. Sie wunderte sich. Da klingelte es an ihrer Wohnungstür. Frau Strobl, die Nachbarin, stand draußen und machte ein unglückliches Gesicht.

»Ich habe kein Brot mehr im Haus«, sagte sie. »Könnten Sie mir eine Scheibe borgen?«

»Kommen Sie rein, ich bin gerade beim Frühstück«, sagte Frau Maier. Und sie wunderte sich nicht mehr.

»War das schon alles?«, fragte Latifundia.

Und Espritta bezweifelte, ob es sich wirklich um eine Hexengeschichte handelte. Sagrotana angelte sich mit angewidertem Gesicht eine Kellerassel vom Fuß.

»Und was lernen wir daraus?«, fragte Salamandis mit der Schuppenhaut.

»Dass man nicht so viele Bücher lesen soll«, sagte Espritta. »Sonst hat man nur den Kopf voller Geschichten, die keine sind.«

»Ich glaube, ihr habt den tiefen Sinn der Geschichte nicht verstanden«, sagte Wabelgunde.

Madame Wisebrise streichelte ihr zärtlich über die lindgrünen Locken.

»Und nun das Wort des Tages«, sagte Sagrotana. »Ein gutes Buch ist manchmal ein Fluch.«

»Aber nur manchmal«, sagte Mirabelle leise.

In dieser Nacht hatte Oliebolle einen Alptraum. Sie stand in einem Supermarkt voller Sachen und sollte für Frau Maier eine Dose Lachs besorgen. Und dabei wusste sie gar nicht, wie Lachs aussah.

Freitag

Am nächsten Tag stürmte es richtig schön. Die Hexlein hatten alle Hände voll zu tun, den unerschrockenen Wanderern die Hüte wegzutragen, die ihnen von den Köpfen flogen. Übermütig tobten sie herum. Und die sanfte Mirabelle wurde richtig frech. Sie klaute die rosa

Unterhose der Haushälterin des verwitweten Oberförsters von der Wäscheleine und schenkte sie der Wildschweinmutter, die damit das Nest für ihre Kinder polsterte.

Dann hatte Espritta auch noch die wunderbare Idee mit den Dachziegeln, die der Sturm vom Försterhaus blies. Die Hexlein sammelten die Ziegel auf und brachten sie zur Burg. Nicht, um damit das Dach zu reparieren, nein. Auf dem ehemaligen Komposthaufen bauten sie daraus ein Gartenhaus für die Fledermäuse.

So kam es, dass sie abends alle sieben mit vor Müdigkeit grünlichen Gesichtern im Partykeller hockten. Das Abendessen aus frischen Hexenröhrlingen auf Pflaumenmousse schmeckte zwar gut, aber sie waren zu müde zum Essen.

Latifundia lehnte sich zurück und murmelte: »Wer ist heute dran?« Dabei konnte sie kaum noch die Augen aufhalten.

Madame Wisebrise hob den langen Zeigefinger. »Heute gibt's keine Geschichte mehr«, sagte sie. »Ihr seid zu erschöpft, ihr müsst ins Bett.«

»Ohne Geschichte läuft nichts«, maulte

Latifundia. »Das ist inzwischen Gewohnheitsrecht.«

Und Salamandis nickte eifrig. Madame Wisebrise gab nach. »Aber nur eine ganz kurze.«

»Ich weiß eine kurze«, sagte Wabelgunde. »Und man lernt auch was aus ihr.«

»Beknackte Streberin«, murmelte Espritta. Aber so leise, dass weder Wabelgunde noch Madame Wisebrise es hörten.

Wabelgunde strich sich den Rock über den Knien glatt und fing an:

Pipifax war dumm, faul und gefräßig. Und kein Hexlein in der Klasse stellte sich so blöd an wie sie. Wenn die Lehrerin sagte, sie sollten eine Rose in einen Mistkäfer verwandeln, dann war ihr Mistkäfer rosenrot und hatte Dornen. Wenn sie als Hausaufgabe aufhatten, Fliegenpilze für den Zaubertrank zu sammeln, dann brachte Pipifax bestimmt Steinpilze an. Und beim Fliegenlernen zerbrach sie so viele Besen, dass die Schule ganz außer der Reihe bei den Müttern um eine Spende betteln musste. So eine war Pipifax. Ihre Mutter war schon ganz verzweifelt. Pipifax aber auch. Eines Tages rannte sie von daheim weg und floh zu ihrer Großmutter. Ihre Großmutter war eine alte und weise Hexe. Sie hörte sich ruhig die Klagen ihrer Enkelin an.

»Kind«, sagte sie, »wenn nichts mehr geht, hilft nur noch Hexerei. Leg dich schlafen und morgen ist alles gut.«

Die Großmutter streute etwas Heu auf den Boden, als Bett für Pipifax. »Da leg dich hin und bleib schön liegen.«

Aber Pipifax war nicht nur dumm, faul und gefräßig, sie war auch entsetzlich neugierig. Als ihre Großmutter in die Küche gegangen war, schlich sie ihr heimlich nach. Sie sah zu, wie die Großmutter eine Suppe kochte. Aus Mispeln, Spinat und vielen anderen Zutaten. Die Großmutter murmelte Hexensprüche vor sich hin, rührte mit einem Löffel im Topf, die Suppe dampfte und brodelte und Pipifax bekam großen Appetit. Als die Großmutter mal schnell in den Kräutergarten ging, schlich Pipifax zum

Herd und aß einen Löffel Suppe. Aber, o weh! Pipifax fing an zu schrumpfen, sie wurde kleiner und kleiner und am Schluss war sie kaum größer als ein Gartenzwerg. Die Großmutter erschrak, als sie mit einem Bund Brennnesseln in der Hand hereinkam. Sie hob Pipifax vom Boden hoch und schaute sie traurig an.

»Jetzt kann ich dir nicht mehr helfen«, sagte sie. »Wenn du gewartet hättest, bis die Suppe fertig ist, wärest du so schlau wie Asterix und so stark wie Obelix geworden. Jetzt musst du leider so klein wie Idefix bleiben.«

So war es. Und weil sie so klein war, konnte sie nicht mehr so viel essen und auch keine Besen mehr kaputtfliegen. Sie war nämlich zu schwach, um alleine zu fliegen.

»Wenigstens etwas«, sagte die Lehrerin und steckte Pipifax in ihre Schürzentasche. »Und Dummheiten kannst du so auch nicht mehr machen.«

»Eine seltsame Geschichte«, sagte Mirabelle. »Aber ich weiß, was wir daraus lernen.«

Espritta unterbrach sie böse. »Nichts dürfen wir daraus lernen. Solche Geschichten machen Hexlein nur ängstlich. Und etwas Schlimmeres gibt es nicht. Es ist eine richtige Wabelgunde-Geschichte. So, und jetzt gehe ich ins Bett. Freiwillig.«

Die anderen Hexlein schauten ihr nach.

»Wir lernen daraus, dass man immer gehorchen sollte«, sagte Wabelgunde. Aber Espritta hörte sie schon nicht mehr.

»Nicht streiten«, sagte Mirabelle unglücklich.

Sagrotana legte ihr den Arm um die Schulter. »Hör zu«, sagte sie tröstend. »Das Wort des Tages: Streiten am Abend, erquickend und labend.«

»Du spinnst«, sagte Latifundia.

»Von mir aus«, antwortete Sagrotana. »Dann eben: Spinnen am Abend, erquickend und labend.«

Samstag

Doch am nächsten Tag, dem sechsten, waren alle wieder gut gelaunt. Sogar Espritta. Beim Frühstück trat sie Wabelgunde auch nur ein paar Mal heimlich unterm Tisch ans Schienbein. Das Wetter war wechselhaft. Es wechselte zwischen Regen und Sonne. Kaum waren die Hexlein draußen und richtig nass geworden, mussten sie schon wieder ins Haus, weil die Sonne schien. Und kaum hatten sie in der Burg ein bisschen Unfug gemacht, durften sie wieder hinaus, weil es wieder anfing zu regnen. Wechselhaft eben. Für Oliebolle wechselte das Wetter zu schnell. »Immer dieses Hin und Her«, stöhnte sie verzweifelt. »Meine Gefühle kommen ganz durcheinander.«

»Ich helfe dir«, bot Espritta freundlich an. »Ich gebe dir jedes Mal eine Ohrfeige, wenn du traurig sein sollst.«

Aber abends saßen sie alle gemütlich im Partykeller und aßen schmatzend Glibberpudding mit Senfsauce. Als sie fertig waren, leckte sich Espritta als Erste die Finger ab. »Wer ist dran?«, fragte sie.

»Du«, sagte Salamandis. »Erzähl doch die Geschichte von deiner Omi. Die ist so schön traurig.«

»Du kennst sie doch schon«, sagte Espritta.

Salamandis wandte den Kopf zur Seite und popelte in der Nase.

»Du sollst nicht heimlich popeln«, sagte Madame Wisebrise streng. »Du weißt doch: Popeln nur mit Publikum.«

»Entschuldigung«, murmelte Salamandis. »Ich wollte ja nur sagen, dass es mir nichts ausmacht, dass ich die Geschichte kenne.«

Espritta richtete sich auf und strich sich die grünen Zottelhaare aus dem Gesicht. »Gut, dann hört zu. Das ist die wahre Geschichte vom traurigen Ende meiner lieben Omi.«

Vor vielen, vielen Jahren wohnte meine liebe Omi in einem kleinen Häuschen im Ebereschenwald, ganz allein mit ihrem sprechenden Raben Kohlenklau. Sie war im Alter etwas wunderlich geworden. Sie züchtete weiße Kaulquappen in einem Teich hinter ihrem Häuschen und verkaufte diese als Wegzehrung an wandernde Hexen. Sie selber aß keine, sie aß überhaupt kein Fleisch mehr. Sie ernährte sich nur noch von Fliegenpilzen und wilden Kräutern. Deshalb wurde sie auch immer dünner, hat meine Mutter gesagt. Sie hatte sich also von der Welt zurückgezogen und führte ein Einsiedlerleben. Nichts interessierte sie noch, nur das, was in ihrem Ebereschenwald passierte. Deshalb legte sie jeden Morgen nach dem Frühstück eine weiße Decke auf den Tisch und stellte ihre Kristallkugel darauf. In dieser Kugel konnte sie alles sehen, was im Umkreis von ein paar Kilometern geschah. Wenn die Luft kristallrein war, räumte sie die Kugel wieder weg und machte sich auf, um ihre Kaulquappen zu füttern.

Eines Tages nun sah sie, wie ein Mann, ein Menschenmann, mit zwei Kindern den Wald betrat, einem Jungen und einem Mädchen. Hinter ihnen trapste vorsichtig eine Nachtigall. Omi wollte schon ein Unwetter herbeihexen, um die ungebetenen Eindringlinge zu vertreiben, da fiel ihr Blick auf das eine der beiden Kinder, auf den Jungen.

»Schau ihn dir an«, sagte Omi zu Kohlenklau. »Schau ihn dir an! Wie hübsch und appetitlich er aussieht. Aber warum wirft er dauernd weiße Kieselsteine auf den Weg?«

Kohlenklau flog auf ihre Schulter und pickte in ihr Ohr. »Du isst kein Fleisch mehr«, krächzte er. »Hast du das vergessen?«

»Ach«, sagte Omi, »einmal ist keinmal. Sollen sie nur kommen.«

Aber sie kamen nicht. Omi ließ den ganzen Tag kein Auge von der Kugel. Um sicherzugehen, holte sie auch noch ein großes Fernrohr. Sie sah, dass der Mann die Kinder im Wald zurückließ. Sie wollte Kohlenklau schicken, dass er sie hole, doch das klappte nicht. Und als es Nacht geworden war, führte der Junge das Mädchen auf demselben Weg zurück, wie sie gekommen waren. Die weißen Kieselsteine leuchteten im Mondlicht und dienten als Wegweiser. Und die trapsende Nachtigall saß auf einem Ast und sang.

»Vielleicht ist es in meinem Alter wirklich besser, wenn ich kein Fleisch mehr esse«, sagte Omi und legte sich traurig und niedergeschlagen ins Bett. Aber in der Nacht träumte sie von einem frischen, saftigen Braten.

Am nächsten Morgen schmeckte ihr der Fliegenpilz nicht. Lustlos kaute sie daran herum. Dann nahm sie die Kristallkugel von der Kommode und legte sie auf den Tisch. Tatsächlich, der Mann ging wieder mit den Kindern in den Wald. Der Junge sah heute noch hübscher und appetitlicher aus. Doch wieder streute er etwas auf den Weg.

Omi rief Kohlenklau.

»Was ist das, was er wirft?«, fragte sie. »Ich kann es nicht mehr sehen. Ich glaube, ich brauche eine Brille.«

»Brotbröckchen«, sagte Kohlenklau. »Pfui Teufel!«

Omi wurde ganz aufgeregt. »Du fliegst sofort hin und frisst sie alle auf.«

Kohlenklau wollte nicht, aber schließlich musste er ihr doch gehorchen. Er flog vorsichtig hinter dem Mann und den Kindern her und fraß alle Brotbröckchen. Als er nach Hause kam, war ihm schlecht und er musste kotzen.

Omi hatte schon gesehen, dass der Mann die Kinder wieder allein im Wald zurückgelassen hatte. Hex-fex-zirkoflex verhexte sie ihre Hütte in ein Pfefferkuchenhäuschen. Und dann passierte das, was sie erwartet hatte. Die Kinder kamen zu ihr. Sie war überglücklich.

Nur etwas störte sie. Der Junge war aus der Nähe nicht mehr ganz so appetitlich. Er müsste etwas fetter werden, dachte sie. Also sperrte sie ihn in einen Käfig und mästete ihn mit allen Süßigkeiten, die sie im Pfefferkuchenhäuschen fand. Und das Mädchen musste die gesamte Hausarbeit für sie machen. Nur die weißen Kaulquappen fütterte Omi doch lieber selber.

Dann kam der Tag, an dem der Junge fett genug geworden war. Omi schickte das Mädchen, sie solle den Backofen anheizen.

Aber das Mädchen, ein hinterlistiges Ding, rief laut: »Das Feuer geht nicht an.«

»Dumme Gans!«, schimpfte Omi. »Dann kriech doch ein bisschen weiter rein.«

»Wie?«, fragte das Mädchen.

Und weil Omi es so eilig hatte und ihr auch schon das Wasser im Mund zusammenlief, beugte sie sich in den Ofen, um es dem Mädchen zu zeigen. Da versetzte ihr das Mädchen einen Stoß und meine Omi rutschte in ihren eigenen Backofen. Das Mädchen warf die schwere Eisentür hinter ihr zu und schob den Riegel vor. So wurde meine arme Omi das Opfer eines heimtückischen Mordes.

Esppritas Stimme brach. »Ja, so war das«, sagte sie. »Wir haben ihr an der Stelle, wo das Haus stand, ein Denkmal gesetzt.«

Salamandis beugte sich vor und drückte Espritta einen feuchten Kuss auf die Backe.

»Und woher wisst ihr das alles so genau?«, fragte Latifundia.

»Vom Kohlenklau. Er lebt seither bei uns«, schluchzte Espritta.

Madame Wisebrise hatte den Kopf in die Hände gelegt.

Jetzt richtete sie sich auf. »Eine traurige, aber auch erbauliche Geschichte«, sagte sie. »Und was lernen wir daraus?«

»Wir lernen daraus«, sagte Wabelgunde, »dass man sich nie mit Kindern abgeben sollte. Kinder sind gefährlich und unberechenbar.«

Madame Wisebrise nickte zustimmend.

Oliebolle verschluckte sich fast vor Aufregung. »Und wir lernen daraus«, sagte sie, »dass man immer genügend Fleisch essen sollte. Damit man nicht vor lauter Hunger mal den Verstand verliert.«

Latifundia lächelte herablassend. »Keine Angst, das kann dir nicht passieren.«

Und Sagrotana hielt Oliebolle mit spitzen

Fingern eine dicke, fette Assel unter die Nase. »Hier! Als eiserne Reserve.«

»Seid nicht so unfreundlich zu der armen Oliebolle«, bat die sanfte Mirabelle.

»Wo bleibt das Wort des Tages?«, fragte Salamandis. »Ich habe mich richtig daran gewöhnt.«

»Das Wort des Tages?« Sagrotana kratzte sich hinter dem linken Ohr. »Okay! Vertrauen ist gut, Vorsicht ist besser.«

»Das reimt sich ja gar nicht«, wandte Salamandis ein.

Sagrotana zuckte mit den Schultern. »Na und? Dafür stimmt's.«

Dann gingen sie schlafen. Nachts träumte Oliebolle von vielen fetten weißen Kaulquappen und Espritta von ihrer Omi.

Sonntag

Der siebte Tag brach an, der letzte.

»Heute backen wir Plätzchen«, sagte Madame Wisebrise. »Damit ihr euren Müttern was Schönes mitbringen könnt.«

»Au ja!«, schrien die Hexlein begeistert und stürmten in die Burgküche. Espritta nahm das Hexenkochbuch, setzte sich an den Küchentisch und fing an zu blättern. Latifundia holte schon eine große Schüssel und einen Rührlöffel aus dem Schrank und Oliebolle kontrollierte die Vorratskammer.

Sagrotana nahm, ohne ein Wort zu sagen, den Spülschwamm und wischte den Tisch ab.

»Ich hab ein Rezept gefunden«, sagte Espritta zu Madame Wisebrise. »Aber ich weiß nicht, ob wir alle Zutaten haben.«

»Lies vor«, sagte Madame Wisebrise. »Es wird schon klappen.«

»500 Gramm gemahlene Kieselsteine«, las Espritta.

»Haben wir nicht«, sagte Oliebolle enttäuscht. »Ich hab schon nachgeschaut, was alles in der Speisekammer ist.«

»Macht nichts«, meinte Madame Wisebrise. »Nehmen wir einfach Weizenmehl.«

Oliebolle brachte das Weizenmehl und kippte es in die Schüssel. Mirabelle hatte ihre Nase zu dicht darüber, sie musste niesen.

»Dann noch 250 Gramm Zucker und 300 Gramm Rattenschmalz«, sagte Espritta.

»Zucker gibt's, Rattenschmalz nicht«, sagte Oliebolle.

»Aber dafür gute Butter. Nehmen wir doch einfach 300 Gramm gute Butter.«

Madame Wisebrise nickte zustimmend. Dann sprang sie plötzlich auf und riss Oliebolle die Packung aus der Hand. »300 Gramm«, sagte sie, »keine zwei Pfund.«

»Ich dachte, je mehr, desto besser«, sagte Oliebolle unglücklich.

Madame Wisebrise schüttelte den Kopf. »Rezepte muss man genau einhalten, sonst kann man die Zutaten gleich einzeln essen.«

Widerwillig räumte Oliebolle die restliche Butter zurück in die Speisekammer. »Was fehlt noch?«, rief sie.

»Das Eigelb von vier Kräheneiern«, rief Espritta zurück.

Oliebolle brachte vier Hühnereier. »Das muss auch gehen.«

Salamandis schlug ein Ei nach dem anderen auf und trennte geschickt das Eigelb vom Eiweiß. Nur beim letzten rutschte das Eiweiß auf den Boden.

»Macht nichts, das Eiweiß brauchen wir sowieso nicht«, sagte Oliebolle und leckte es auf.

»Und jetzt?«, fragte Salamandis.

»Alle Zutaten gut verkneten und eine Stunde kalt stellen«, las Espritta vor.

Latifundia kippte die Zutaten aus der Schüssel auf den Tisch und alle Hexlein machten sich ans Verkneten. Ihre Hände wurden immer weißer und der Teig wurde immer grauer.

»Umso besser«, sagte Madame Wisebrise. »Dreck macht Speck, das hat schon meine Oma immer gesagt.«

Als der Teig eine schöne, fettig glänzende Kugel geworden war, legten ihn die Hexlein in den Kühlschrank und setzten sich mit einer warmen Brennnesselbowle draußen auf die Küchentreppe. Eine Stunde mussten sie warten.

»Heute Abend sind wir nicht mehr hier«, sagte Madame Wisebrise wehmütig. »Wer hat noch keine Geschichte erzählt?«

»Salamandis und Sagrotana«, sagte Espritta.

»Ich brauche nicht«, wehrte sich Sagrotana. »Ich habe immer die Worte des Tages gesagt.«

Salamandis kratzte sich die Schuppenhaut am Kinn. »Eine Geschichte weiß ich nicht«, sagte sie. »Aber ich habe gestern Abend ein Hexenlied gedichtet.«

»Du?«, fragte Espritta erstaunt. »Gedichtet?«

Salamandis senkte verschämt die Augen.

»Los, sag's auf«, baten die anderen Hexlein.

»Es handelt von zehn kleinen Hexelein«, sagte Salamandis. »Und man kann's auch singen.« Sie räusperte sich, nun klang ihre kratzige Sopranstimme durch die dunstige Morgenluft.

Zehn kleine Hexelein,
die sprangen über Zäun',
das eine sprang nicht hoch genug,
da waren's nur noch neun.

Neun kleine Hexelein,
die tanzten in der Nacht,
das eine trug der Wind davon,
da waren's nur noch acht.

Acht kleine Hexelein,
die aßen Honigfliegen,
das eine hat sich dran verschluckt,
da waren's nur noch sieben.

Sieben kleine Hexelein,
die tranken hopp und ex,
dem einen wurde schlecht davon,
da waren's nur noch sechs.

Sechs kleine Hexelein,
die hopsten durch die Sümpfe,
das eine sprang direkt hinein,
da waren's nur noch fünfe.

Fünf kleine Hexelein,
die neckten einen Stier,
das eine floh nicht schnell genug,
da waren's nur noch vier.

Vier kleine Hexelein,
die fraßen Krötenbrei,
das eine ist davon geplatzt,
da waren's nur noch drei.

Drei kleine Hexelein,
die fielen auf den Po,
das eine fiel ins Schlangennest,
da waren's nur noch zwo.

Zwei kleine Hexelein
verfolgten mal ein Schwein,
das eine jagt' das andre fort
und blieb nun ganz allein.

Ein kleines Hexelein,
das langweilte sich sehr,
da hexte es sich selber weg
und jetzt gibt's keines mehr.

»Was für ein schönes Lied«, sagte Mirabelle. »Und wir können so viel daraus lernen, dass es viel zu lange dauern würde, alles aufzuzählen.«

Madame Wisebrise nickte zustimmend. Die Hexlein sangen das Lied siebenmal, dann gingen sie wieder in die Küche und holten den Teig aus dem Kühlschrank. Sie rollten ihn zu einer glatten Fläche und schnitten mit scharfen Messern Figuren aus: Fledermäuse, Ratten, Fliegenpilze.

»Meine Oma bestreut sie immer mit getrockneten Mücken«, sagte Latifundia. »Aber die sind ziemlich teuer, die gibt's hier bestimmt nicht.«

»Wir nehmen Rosinen«, sagte Madame Wisebrise. »Und damit sie besser halten, bestreichen wir die Plätzchen vorher mit Eigelb.«

Das taten sie. Und während die Plätzchen im Ofen goldgelb wurden, saßen die Hexlein davor und sangen noch dreimal das Hexenlied. Das vierte Mal versuchten sie es als Kanon, bis Madame Wisebrise sich verzweifelt die Ohren zuhielt.

Als die Plätzchen fertig waren, aßen die Hexlein sie gleich alle auf, weil sie viel zu gut schmeckten. Sie waren zu schade zum Mitbringen. Außerdem konnten die Mütter froh sein, wenn sie ihre lieben Kleinen heil und gesund wiederbekamen. Das musste reichen. Sogar Madame Wisebrise fand das.

Gegen Abend kam der Besenbus. Die sieben Hexlein und Madame Wisebrise stiegen auf.

»Jetzt noch das Wort zum letzten Tag«, sagte Sagrotana. »Auf nach Haus mit viel Gebraus, die Geschichte ist nun aus.«

»Schade«, sagte Espritta.

Und das Fahrrad?

Bald soll Nickels größter Wunsch in Erfüllung gehen: Zum Geburtstag bekommt er ein Fahrrad. Eines, das blau und silbern glänzt. Doch gestern Abend ist die Waschmaschine kaputtgegangen und da ist es vorerst aus mit dem schönen Traum.

Als Nickel am nächsten Morgen aufwacht, ist erst einmal alles wie sonst auch. Sogar besonders schön, denn die Sonne scheint durch den Vorhang und wirft einen Streifen Spitzenmuster an die Wand neben Nickels Bett. Er streckt die Hand aus und fährt das Muster mit dem Finger nach. Wie jeden Morgen liegt er im Bett, hat seinen Schlafanzug an und ist zugedeckt.

»Los, Nickel, steh endlich auf!«, ruft die Mutter aus der Küche. Sie hört sich so ungeduldig an, als hätte sie schon mehrmals gerufen.

Djangos Bett ist bereits leer. Nickel hört ihn im Badezimmer prusten. Django duscht immer sehr laut, besonders am Schluss, wenn er das kalte Wasser andreht. Zum Abhärten, sagt er. Nickel hat überhaupt keine Lust auf Abhärtung, wenn man sich dafür kalt duschen muss.

Er springt aus dem Bett und zieht sich schnell an. Als er den Reißverschluss seiner Jeans hochzieht, fällt ihm plötzlich wieder die Waschmaschine ein. Die Waschmaschine und das Fahrrad, das er sich aus dem Kopf schlagen kann.

Nächsten Monat hat er Geburtstag, aber das ist nun bedeutungslos geworden.

Blöde Sonne! Nickel geht zum Fenster und zieht den Rollladen halb herunter.

»Nickel!«, ruft die Mutter. »Nickel, es ist schon spät, beeil dich!«

Als Nickel ins Badezimmer kommt, dreht

Django gerade die Dusche ab. Nickel schaut ihn nicht an. Da steht die verdammte Waschmaschine. Das Loch zum Wäscheeinfüllen sieht aus wie ein aufgerissenes schwarzes Maul. Die Maschine grinst Nickel schadenfroh an. Er versetzt ihr einen Tritt. Au, verdammt! Nickel hüpft auf einem Fuß herum, den anderen hält er mit den Händen fest. Sein großer Zeh!

»Spielst du Rumpelstilzchen oder bist du verrückt geworden?«, fragt Django, nimmt ein großes, blaues Handtuch und wickelt sich hinein.

Nickel gibt ihm keine Antwort. Er lässt seinen Zeh los und putzt sich die Zähne.

Als er ins Wohnzimmer kommt, sagt die Mutter: »Zieh ein anderes T-Shirt an, das da hat ein Loch.«

Wortlos geht Nickel zurück ins Kinderzimmer und zieht sich um. Er nimmt ein schwarzes T-Shirt. Als die Oma gestorben ist, hat die Mutter ein paar Wochen lang auch nur schwarze Sachen angezogen, aus Trauer. Das T-Shirt gehört eigentlich Django und ist Nickel viel zu groß. Aber als er zurückkommt, sagt die Mutter nichts dazu. Sie tut, als fiele es ihr überhaupt nicht auf.

Und Django sagt nur: »Das nächste Mal fragst du mich gefälligst, wenn du was von meinen Sachen anziehen willst, verstanden?«

Nickel setzt sich an den Tisch und trinkt eine Tasse Milch. Hunger hat er nicht.

»Nur eine Scheibe Brot«, sagt die Mutter.

Nickel schüttelt den Kopf. Er schaut sie nicht an, er will nicht weinen. Django weint nie. Aber Django hat ja auch ein Fahrrad.

Als er gehen will, gibt ihm seine Mutter einen Kuss. Nickel dreht den Kopf weg. »Nimm's doch nicht so schwer, Nickel«, sagt sie. »Aufgeschoben ist nicht aufgehoben.« Sie nimmt einen Euro, der auf dem Esstisch liegt, und hält ihn Nickel hin. »Hier, den hat Papa für dich dagelassen. Du sollst dir ein Eis kaufen und nicht so traurig sein, hat er gesagt. Es tut ihm auch leid.«

»Es kann ihm leicht leidtun«, schreit Nickel. »Sehr leicht kann ihm das leidtun. Er hat ja schon ein neues Auto.«

»Jetzt stellst du dich aber wirklich an, Nickel«, sagt Django. »Du bist doch kein kleines Kind mehr. Soll ich dich ausnahmsweise ein Stück mit dem Fahrrad bringen?«

Nickel schüttelt den Kopf. Er nimmt seinen Ranzen, rennt an Django und der Mutter vorbei zur Tür. Er sagt auch nicht Auf Wiedersehen, er knallt einfach die Tür hinter sich zu. Aber er hat noch gehört, wie Django gesagt hat: »Lass ihn ruhig, Mama. Der regt sich auch wieder ab.«

Von wegen, denkt Nickel, nie! Weil der Aufzug nicht gleich kommt, rennt er die Treppe hinunter. »Django hat auch gut reden«, sagt er laut. »Der hat sein Fahrrad. Alle haben, was sie wollen, nur ich nicht.«

Auf dem Schulweg geht Nickel sehr langsam. Viele Kinder fahren mit Rädern an ihm vorbei. Heute sieht er nur die, die Räder haben. Alle haben Räder. Nur Alexander hat auch keins. Wo steckt der überhaupt?

Bolle kurvt um ihn herum und schreit: »Nickel-Karnickel! Ich pack dich am Wickel!«

Nickel macht sich klein und versteckt sich

hinter einer Gruppe Viertklässler. Bolle lacht und fährt weiter. Freihändig. Sein Rad ist alt, schwarz und ziemlich verrostet. Aber es ist ein Fahrrad.

Wenn ich wenigstens so eins hätte, denkt Nickel. Und dann denkt er: Nein, so eins will ich nicht. Ich will das blaue mit den Silberstreifen. Außerdem haben sie es mir versprochen.

Er überquert die Straße, weil er auf der anderen Seite Vanessa entdeckt hat.

»Hallo«, sagt er.

Vanessa sagt auch Hallo und bleibt stehen. Nickel hat fast das Gefühl, als könnte dieser Tag doch noch schön werden. Aber da kommt Kathrin von hinten und legt Vanessa den Arm um die Schulter. Im Weggehen nickt sie ihm noch einmal zu. Wenigstens das.

Jetzt ist Nickel wieder allein. Er stellt sich vor, wie es wäre, wenn er sein Fahrrad schon hätte. Er könnte zu Vanessa sagen, sie solle doch ihren Ranzen hinten auf sein Rad stellen. So macht das Django manchmal mit Elvira. Elvira läuft dann neben Django her und sie reden und lachen miteinander. Django ist wütend geworden, als Nickel ihn gefragt hat, ob er in Elvira verliebt ist.

Nickel stellt sich vor, wie Vanessa neben ihm hergeht und mit ihm redet und lacht. Er stellt es sich ganz deutlich vor. Vanessa bekommt Grübchen in den Backen, wenn sie lacht, und man sieht ihre großen, hübschen Hasenzähne. Einen Moment lang vergisst Nickel, dass die Waschmaschine kaputtgegangen ist. Dann fällt es ihm wieder ein.

Scheiß Waschmaschine. Aber inzwischen ist er am Schulhaus angekommen. Manchmal hat er Angst vor der Schule und vor der Klasse und vor Frau Friedrichs. Aber heute nicht, heute ist ihm alles egal. So egal, dass er keine Spur von Angst fühlt. Er wundert sich.

Alexander sitzt schon auf seinem Platz. Nickel setzt sich neben ihn. Alexander hält ihm einen Kaugummi hin. Er hat fast immer welche dabei. Seine Mutter sagt, das wäre gesund für die Zähne. Nickel wickelt den Kaugummi aus und steckt ihn in den Mund.

Frau Friedrichs kommt herein, sie müssen eine Geschichte lesen. Weil er mit Kaugummi schlecht lesen kann, pappt Nickel ihn einstweilen unter die Tischplatte.

Es geht so lange gut, bis das Kind in der Geschichte sehr traurig ist und weint.

»War einer von euch schon mal sehr traurig?«, fragt Frau Friedrichs. »Was habt ihr denn dann gemacht? Habt ihr auch geweint?«

Carola erzählt, wie ihr Opa gestorben ist, und Michi berichtet von dem Kanarienvogel, den er einmal hatte. Julian sagt, als sein Vater ausgezogen ist, sei er sehr traurig gewesen. »Auch heute bin ich manchmal noch traurig«, sagt er. Alle haben sie geweint, sogar Michi, von dem Nickel es sich nicht vorstellen kann.

»Und du, Nickel?«, fragt Frau Friedrichs.

Nickel schaut ihr direkt ins Gesicht, sie schaut zurück. Da senkt Nickel den Kopf und heult wie ein Kater, der sehr, sehr traurig ist.

Diesmal wird Frau Friedrichs nicht böse. Es lacht auch keiner. Außer Dieter, und der ist sowieso blöd. Nickel merkt, wie ihm die Tränen in

die Augen steigen. Er springt auf und rennt aus der Klasse.

Er geht hinunter in den Fahrradkeller. Bolles Rad hat er bald gefunden. Es gibt nur wenige, die so alt und vergammelt aussehen. Nickel dreht erst die Ventilschrauben am Vorderrad ab, dann die vom Hinterrad. Er schaut zu, wie die Reifen immer dünner werden. Dann sucht er noch ein besonders schönes Fahrrad aus, ein blausilbernes, und lässt ebenfalls die Luft aus den Reifen.

Jetzt muss er nicht mehr weinen und kann in die Klasse zurückgehen. Frau Friedrichs schaut ihn seltsam an, sagt aber nichts.

Nickel tastet nach dem Kaugummi unter der Tischplatte, fummelt ihn ab und steckt ihn in den Mund.

Das Kind in der Geschichte hat auch aufgehört zu weinen.

Unser Kätzchen

Lena wünscht sich schon immer ein Tier. An jedem Geburtstag. Und zu Weihnachten auch. Sie hat viele Tiere bekommen. Von Oma einen Bären. Von Tante Lissi ein Kamel. Von Papa ein Häschen. Von Frau Rossi, der Hausmeisterin, ein Krokodil und ein Schwein.

Und jedes Mal sagt Lena: »Aber ich will ein lebendiges Tier.«

Und Ben, Lenas kleiner Bruder, sagt: »Ich auch. Ich will auch ein lebendiges Tier.«

Doch dann sagt Mama immer: »Kommt nicht in Frage. Zwei Kinder machen genug Arbeit.«

Lena bleibt vor der Zoohandlung stehen. Das tut sie oft, wenn sie vom Kindergarten nach Hause geht. Da gibt es viele Tiere, die Lena gerne hätte. Zum Beispiel diesen kleinen Goldhamster. Oder den Hasen. Oder wenigstens eine Maus.

Mit einem Hasen kann man schön schmusen, denkt Lena und geht weiter. Der Goldhamster ist auch süß. Aber ein Hund wäre natürlich noch viel schöner.

Als Lena das Hoftor aufmacht, steht dort Herr Rossi, der Hausmeister. Er hat etwas in der Hand.

Ein Kätzchen. Ein lebendiges.

»Miau«, sagt es. Ein bisschen kläglich hört es sich an.

Lena streichelt das Kätzchen am Kopf, am

Rücken und über das kleine, dünne Schwänzchen. Und sie klingelt, damit Ben und Mama herunterkommen und das Kätzchen sehen.

Herr Rossi hat das Kätzchen bei einer Mülltonne gefunden. Ganz alleine hat es da gehockt und gemaunzt. Weit und breit war kein Mensch. Und in den umliegenden Häusern hat niemand etwas von dem Kätzchen gewusst.

Bestimmt ist es ausgesetzt worden, haben die Leute gesagt. Da hat Herr Rossi es unter seine Jacke gesteckt und mitgenommen.

»Vielleicht für Lena und Ben«, sagt er und schaut Mama an. Mama schüttelt den Kopf.

»Bitte, Mama«, sagt Lena, »bitte, bitte.«

Und auch Ben sagt: »Bitte, Mama.«

Mama schaut die beiden an. »Aber nur ein paar Tage«, sagt sie. »Bis Herr Rossi ein Zuhause für das Tier gefunden hat.«

Lena trägt das Kätzchen hinauf in die Wohnung. Wo soll es schlafen? Lena hat eine Idee. Sie räumt den Obstkorb leer und legt ein Kissen hinein. Das Körbchen stellen sie in die Küche.

Lena setzt das Kätzchen auf den Boden. Es

ist wirklich süß. Doch plötzlich macht es eine Pfütze. Ben holt schnell einen Lappen aus dem Bad und wischt das Pfützenunglück auf. Aber Mama hat die Pfütze schon gesehen. Sie gibt Ben und Lena eine Schuhschachtel. Die sollen sie unten mit Sand füllen.

»Morgen kaufe ich ein Katzenklo«, sagt Mama.

Später schauen Ben, Lena und Mama zu, wie das Kätzchen eine Frikadelle frisst und verdünnte Dosenmilch trinkt. Ben setzt es danach sofort in den Sand. Es pinkelt und scharrt schnell Sand über die feuchte Stelle.

»Was für ein ordentliches Kätzchen wir haben!«, sagt Lena.

Bevor Ben und Lena ins Bett gehen, sagen sie dem Kätzchen Gute Nacht.

»Hände waschen nicht vergessen!«, ruft Mama.

Papa stellt den Katzenkorb vor die Kinderzimmertür. Er setzt sich daneben und streichelt das Kätzchen, während er Schlaflieder singt. Das Kätzchen schläft ein und Ben und Lena auch.

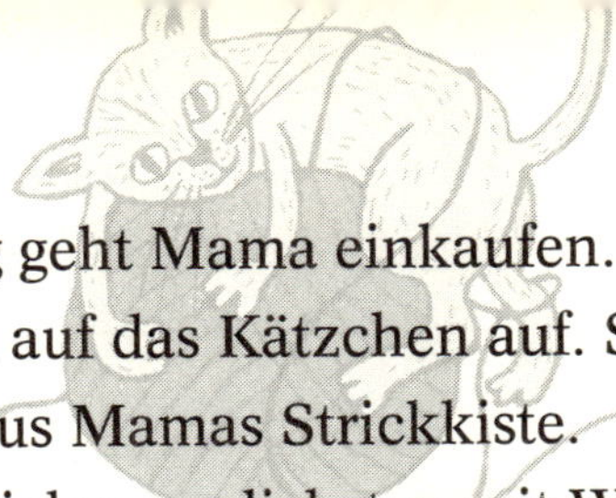

Am nächsten Tag geht Mama einkaufen. Ben und Lena passen auf das Kätzchen auf. Sie holen ein Wollknäuel aus Mamas Strickkiste.

»Kätzchen spielen am liebsten mit Wolle«, sagt Lena. Das weiß sie aus einem Bilderbuch. Und wirklich – das Kätzchen freut sich. Bald ist das Kinderzimmer voller Wollfäden.

Mama bringt ein richtiges Katzenklo mit. »Die Wanne müsst ihr jeden Tag ausleeren und frisch füllen«, sagt Mama, »sonst stinkt die ganze Wohnung.«

»Dürfen wir das Kätzchen denn behalten?«, fragt Ben. Aber Mama gibt ihm keine Antwort.

Am Nachmittag ruft Mama beim Tierarzt an. Sie sagt: »Vielleicht ist das Tier ja krank. Es muss untersucht werden. Wir können gleich gehen.«

Aber das können sie nicht, denn das Kätzchen ist verschwunden. Ben und Lena suchen alle Zimmer ab. Endlich finden sie es.

Sie tragen das Kätzchen in einer Einkaufstasche zum Tierarzt. Der untersucht es gründlich. Dann sagt er: »Ein besonders hübsches Katzenmädchen. Und ganz gesund. Ungefähr sechs Wochen alt. Ich schlage vor, dass wir es gleich impfen.«

Das Kätzchen bekommt eine Spritze. Genau wie Ben vor zwei Monaten, als er gegen Masern geimpft worden ist. Das Kätzchen schreit aber nicht so laut, wie Ben geschrien hat. Es maunzt nur. Ben und Lena trösten es.

Zu Hause macht Mama eine Dose Katzenfutter auf. Ben füllt den Katzenteller. Lena stellt frisches Wasser hin. Dann will sie das Katzenklo sauber machen.

»Erst morgen«, sagt Mama. »Nicht zweimal am Tag.«

Später fragt Mama Herrn Rossi, ob er schon ein gutes Zuhause für das Kätzchen gefunden hat. Nein, hat er nicht. Und am Abend darauf auch nicht. Und einen Tag später immer noch nicht.

Ben und Lena sind sehr froh. Und das Kätzchen auch.

Das Kätzchen gehört nun schon richtig zur Familie. Wenn Papa abends heimkommt, begrüßt er Mama, Lena, Ben – und dann das Kätzchen. Es wird von Tag zu Tag süßer, findet Lena. Ben findet das natürlich auch. Er sagt: »Unser Kätzchen ist das schönste von der ganzen Welt.«

Das sagt er beim Abendessen.

»Unser Kätzchen«, wiederholt Lena.

Mama schaut Lena an. Dann Ben. Dann Papa.

Papa schaut Mama an. Dann Lena. Dann Ben.

»Unser Kätzchen«, sagt Mama. »Wie soll es eigentlich heißen?«

»Wieso?«, sagt Lena. »Es heißt doch Rosalinde.«

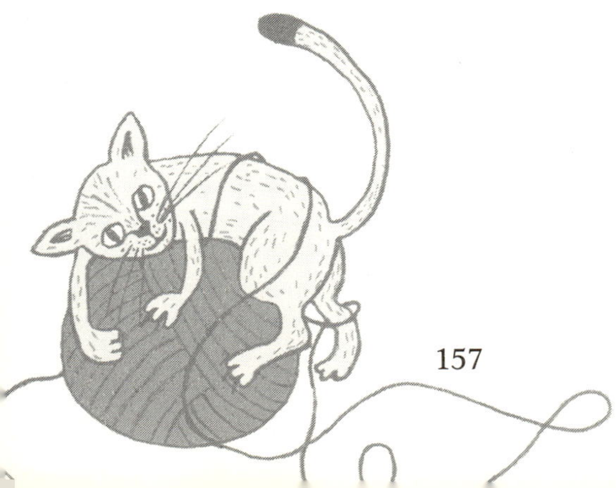

Die Veilchentasse

Die Mutter kommt zurück in die Küche.

In der Türöffnung bleibt sie noch einen Moment stehen, legt den Kopf schräg und horcht. Dann zieht sie die Tür hinter sich zu und setzt sich an den Tisch.

Der Vater hängt über seinem Teller und schöpft die zum zweiten Mal aufgewärmte Lauchsuppe in sich hinein. Draußen und drinnen ist es so still, dass Marlies jedes Mal zusammenzuckt, wenn sein Löffel auf den Teller schlägt. So still ist es, dass sie sein Schlucken hören kann und sogar, wie die Suppe durch seine Gurgel läuft. Der elektrische Wecker auf der Fensterbank tickt leise und schnell.

»Sie muss weg«, sagt die Mutter. »Jetzt muss sie wirklich ins Heim. Wenn wir sie noch länger hierbehalten, wird sie uns noch mal ins Unglück stürzen.«

Mit »sie« ist die Oma gemeint. Immer wenn die Mutter das Wort »sie« besonders leise ausspricht, geht es um die Oma.

Marlies sitzt todmüde am Tisch und kaut an dem Butterbrot herum, das ihr die Mutter hingestellt hat, weil es ihr von Lauchsuppe immer schlecht wird.

»Jetzt lass sie doch erst mal in Ruhe ausschlafen«, sagt der Vater. »Morgen früh sehen wir weiter.« Er sieht müde aus und die beiden

Falten um seinen Mund sind tiefer als sonst.

Die Oma ist seine Mutter.

»Meine Güte, Marlies, kannst du nicht schneller essen?«, fragt die Mutter. »Du gehörst schon längst ins Bett.«

Es ist fast elf Uhr nachts. Vor einer Stunde ist die Oma von zwei Polizisten heimgebracht worden. Der Vater und die Mutter haben sie ausgezogen und ins Bett gebracht. Dann ist Doktor Herrmann gekommen und hat ihr eine Spritze gegeben. Zur Beruhigung. »Dabei hätte ich die Spritze viel nötiger gehabt«, hat die Mutter gesagt.

Die Oma ist morgens weggelaufen, als die Mutter nur schnell beim Tengelmann war, um zwei Liter Milch zu kaufen. Sie wollte Reisauflauf kochen. Aber als Marlies nach der Schule heimgekommen ist, hat es kein Mittagessen gegeben.

»Die Oma ist weg«, hat die Mutter gesagt. »Der Papa kommt gleich heim, ich habe ihn angerufen.«

Der Vater ist zur Polizei gegangen und hat

die Oma als vermisst gemeldet. Dann ist er mit seinem Auto in der Gegend rumgefahren und hat sie gesucht.

Marlies hat ihre Aufgaben gemacht, aber sie konnte sich nicht richtig konzentrieren, mit einem Ohr hat sie ihrer Mutter beim Telefonieren zugehört. Zuerst hat die Mutter Tante Elisabeth in Großhadern angerufen. »Ist die Oma bei euch?«

Dann hat sie Tante Katharina in Stuttgart angerufen, obwohl die Oma nicht bis Stuttgart hätte gehen können. Von München nach Stuttgart kann kein Mensch zu Fuß gehen. Vor allem die Oma nicht, die sowieso nicht mehr gut laufen kann. »Außerdem hat sie nur ihre Hausschuhe an«, hat die Mutter gesagt. »Ihre schwarzen Schuhe mit den Einlagen stehen im Schuhschrank. Was? Geld für eine Fahrkarte? Nein, höchstens zehn Euro, mehr kann sie nicht bei sich haben. Es ist ja schon der Fünfundzwanzigste.«

In einem Monat habe ich Geburtstag, hat Marlies gedacht. Vor zwei Jahren war sie an ihrem Geburtstag mit der Oma nach Stuttgart gefahren. Im Zug hatten sie sich Geschichten erzählt und dann im Speisewagen Limonade getrunken. Damals war die Oma noch ganz gesund gewesen.

»Du kannst dir nicht vorstellen, wie schlimm es mit ihr geworden ist«, hat die Mutter in den Telefonhörer gesagt. »Schlimmer als ein kleines Kind. Ich bin nur noch ein Nervenbündel, sag ich dir. Man müsste ständig bei ihr sitzen und auf sie aufpassen. Natürlich kann sie nichts dafür, aber uns wird die Verantwortung einfach zu viel. Doktor Herrmann hat auch gesagt, dass es daheim nicht mehr geht. Wenn ihr nur nichts passiert ist!«

Marlies ist aufgestanden und hat ihr Heft zugeklappt. In Omas Zimmer hat sie sich in den Sessel gesetzt, in dem sonst immer die Oma sitzt. Manchmal tagelang, ohne ein Wort zu sagen. Weil Omas Bett noch nicht gemacht war, hat Marlies die Kissen aufgeschüttelt und dann so lange am Laken und an der Decke gezogen, bis es einigermaßen ordentlich ausgesehen hat.

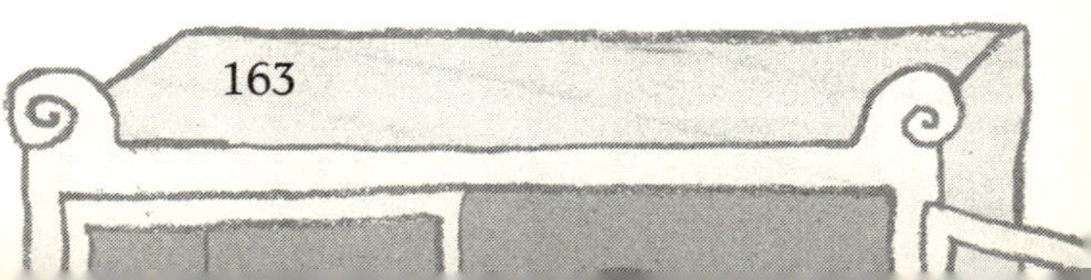

Dann stand sie vor dem Glasschrank mit den Tassen.

Zwölf Blumentassen hat die Oma und jede sieht anders aus. Alle stehen sie auf Teller und Unterteller ordentlich nebeneinander, die Henkel zeigen nach links. Schönere Tassen als diese gibt es nicht, doch die allerschönste ist die Veilchentasse. Sie ist ganz und gar silbern, auch innen, und hat große, aufgemalte Veilchenblüten. Marlies darf die Tassen nicht herausnehmen, ihre Mutter hat es ihr verboten. Die sind einen Haufen Geld wert, sagt sie immer. Die kann man mal gut verkaufen.

Marlies hat den Schrank aufgemacht und mit dem Zeigefinger vorsichtig über den Rand der Veilchentasse geschabt. Das zirpt so schön. Dann hat sie den Schrank wieder zugemacht. Als es fast dunkel war, ist ihr Vater heimgekommen, müde und traurig. Marlies hat sich auf seinen Schoß gesetzt und ihr Gesicht an seinen Hals gedrückt. Als er den Arm um sie gelegt hat, hat sie ihn ganz sanft angeschnauft und angeprustet. Aber er hat nicht gelacht wie sonst. Und beim Abendessen, es hat die zum ersten Mal aufgewärmte Lauchsuppe gegeben, hatte er keinen Hunger.

Die Mutter hat geweint. Dann hat sie sich die Nase geputzt und gesagt: »Schlimmer als ein kleines Kind ist sie.«

»Die Oma ist nicht schlimm«, hat Marlies laut und böse gesagt. »Die Oma ist lieb.«

Die Mutter hat ihren Teller genommen und die Lauchsuppe zurückgeschüttet in die Schüssel. Sie hat geseufzt. »Natürlich ist sie lieb, Kleines. Aber ich kann doch nicht dauernd auf sie aufpassen. Nur beim Tengelmann bin ich gewesen. Eine halbe Stunde, höchstens. Hätte ich sie anbinden sollen?«

»Du brauchst dir keine Vorwürfe zu machen«, hat der Vater gesagt. »Wirklich nicht.«

»Wenn ich mich wenigstens mit jemand abwechseln könnte in der Pflege«, hat die Mutter gesagt. »Aber die Elisabeth kann auch nicht, mit ihren kleinen Kindern.«

»Mach dir doch keine Vorwürfe«, hat der Vater noch einmal gesagt. Dann hat er auch seine

Suppe zurückgeschüttet und ist wieder mit dem Auto weggefahren.

Marlies hat sich ganz still in eine Ecke gesetzt und mit einem Puzzle gespielt. Dabei hat sie dauernd an die Oma denken müssen. Dass die Oma wiederkommen soll. Dass es draußen ganz dunkel ist. Dass der Papa die Oma noch nicht mal erkennen kann, weil es so dunkel ist. Dass die Oma vielleicht Angst hat. Und dass die Oma eine sehr liebe Oma ist, auch wenn sie manchmal ganz komische Sachen sagt und immer wieder wegläuft.

Dann hat Tante Elisabeth angerufen und gefragt, ob die Oma schon zurückgekommen ist. Und die Mutter hat wieder geweint und ganz leise gesagt: »Hoffentlich ist ihr nichts passiert.« Und dann hat sie zum hundertsten Mal an diesem Tag damit angefangen, dass sie doch wirklich nur beim Tengelmann gewesen ist. Eine halbe Stunde, höchstens.

Sie hat nicht lange mit Tante Elisabeth reden wollen. Erstens, weil sie doch nur weinen musste, und zweitens wegen des Telefons. Der Vater oder die Polizei könnten anrufen, dass sie die Oma gefunden haben.

Marlies hat sich zur Mutter auf das Sofa gesetzt und sich ganz fest an sie gedrückt. So haben sie auch gesessen, als der Vater zurückgekommen ist. Er hat sich zu ihnen gesetzt und sie haben alle drei gewartet. Bis die Oma heimgebracht worden ist. Zwei Polizisten haben sie hereingeführt und sind gleich wieder weggegangen.

Die Mutter und der Vater haben die Oma gefragt, wo sie denn war und warum sie um Gottes willen weggelaufen ist. »Du hast es uns doch versprochen«, hat der Vater ganz hilflos gesagt. Die Oma hat keine Antwort gegeben. Ihre Haare hingen in grauen Zotteln um ihr Gesicht. »Mein Gott, sie ist ja ganz durcheinander«, hat die Mutter gesagt und Doktor Herrmann angerufen.

»Komm, Marlies, du schläfst ja schon am Tisch ein«, sagt die Mutter und trägt Marlies wie ein kleines Kind hinüber in ihr Zimmer, obwohl Marlies kein kleines Kind mehr ist.

Am nächsten Morgen wacht Marlies mit

einem großen Klumpen Angst im Bauch auf. Erst dann fällt ihr ein, dass die Oma ja heil zurückgekommen ist. Im Nachthemd rennt sie über den Flur und macht Omas Zimmertür auf. Die Oma liegt im Bett und schläft. Sie sieht ein bisschen aus wie eine Hexe aus dem Märchenbuch. Aber nur, weil sie ihre Zähne nicht anhat. Die liegen auf dem Nachttisch.

Marlies geht in die Küche. »Ich hab Hunger«, sagt sie zu ihrer Mutter.

Die Mutter nickt. »Kein Wunder, du hast gestern kaum was gegessen. Willst du Müsli?«

Marlies will Müsli. Und sie fragt, wo ihr Vater ist.

»Zum Ammersee gefahren«, sagt die Mutter. »Du weißt doch, wegen der Oma. In das Heim, wo wir schon mal zusammen waren, das mit dem großen Garten. Da kann sie dann ruhig drin rumlaufen, er ist eingezäunt.«

»Die Oma hat damals aber gesagt, dass sie dort nicht hinwill. Der Garten ist ja ganz schön, hat sie gesagt, aber sie will lieber bei uns bleiben.«

»Wir können sie nicht hierbehalten«, sagt die Mutter.

Marlies fischt eine Rosine aus ihrem Müsli und legt sie auf den Tisch, sie mag keine Rosinen. »Warum nicht?«, fragt sie. »Warum kann die Oma nicht hierbleiben?«

»Weil es nicht geht.« Die Mutter schaut Marlies nicht an. »Wenn sie unter ein Auto kommt oder so was, dann sind wir schuld. Du weißt doch, was Doktor Herrmann gesagt hat. Dass sie dauernd jemand braucht, der auf sie aufpasst. Und das können wir nicht. Gestern ist sie wieder weggelaufen.«

»Und wenn sie im Heim auch wegläuft?«, fragt Marlies.

Die Mutter stellt einen Topf auf die Schnellkochplatte. Dabei fällt ihr der Deckel runter und scheppert. »Verdammt«, sagt sie. »Kannst du mich nicht mal ein bisschen in Ruhe lassen? Ich hab schon Sorgen genug.« Sie will nicht mehr über die Oma reden. Die Schwierigkeiten, die man mit alten Leuten hat. »Es ist doch nicht nur das Weglaufen«, sagt sie. »Ich habe seit Wochen keine Nacht mehr richtig geschlafen. Ich kann einfach nicht mehr.«

Marlies nimmt ihren Ranzen und geht zur Schule.

Zwei Tage ist die Oma dann noch zu Hause geblieben. Nur noch zwei Tage.

»Am Mittwoch können wir sie hinbringen«, hat der Vater gesagt, als er vom Ammersee zurückgekommen ist. Dann ist er zur Oma gegangen. Marlies und ihre Mutter sind in der Küche geblieben, aber sie haben durch die offene Tür gehört, wie die Oma laut gesagt hat: »Nein, Wolfi. Lass mich hier, Wolfi.«

Das war das Letzte, was die Oma gesagt hat. In den zwei Tagen, die sie dann noch da war, lag sie nur im Bett. Die Mutter musste sie füttern und aufs Klo führen. Marlies ist ein paar Mal zu ihr gegangen und hat sich auf den Stuhl neben dem Bett gesetzt. Aber was sie auch gesagt oder gefragt hat, die Oma hat kein einziges Wort gesagt. Noch nicht mal was Verrücktes. Sogar als Marlies eine Tassengeschichte hören wollte, hat die Oma nicht reagiert. »Oma, die Disteltasse«, hat Marlies gesagt. »Die Disteltasse hast du doch von Onkel Louis aus Amerika bekommen, als er dich das erste Mal besucht hat, gell? Und seine Frau hat kein Wort Deutsch gekonnt und ihr habt mit den Händen reden müssen. Oma, wie habt ihr mit den Händen geredet?«

Die Oma hat den Kopf zur Seite gedreht und ihre Hände unter der Zudecke versteckt. Da ist Marlies wieder aus dem Zimmer gegangen.

Am Mittwoch nach dem Mittagessen trägt der Vater zwei große Koffer zum Auto, und die Mutter hilft der Oma, ihr gutes Kleid anzuziehen. Marlies umarmt die Oma und küsst sie und sagt, dass sie sie jedes Wochenende besuchen. »Die Mama hat's versprochen.« Aber die Oma gibt keine Antwort. Sie lässt alles mit sich geschehen. Sie lässt sich umarmen, lässt sich küssen, lässt sich vom Vater zum Auto führen.

»In zwei bis drei Stunden sind wir wieder da«, sagt die Mutter zu Marlies. »Aber wenn sie doch nicht will«, sagt Marlies. »Warum macht ihr das, wenn sie nicht will?«

Da fängt die Mutter wieder an zu weinen und

sagt, dass sie einfach keine Kraft mehr hat. Und sie sagt, dass Marlies das jetzt noch nicht versteht. Später einmal ...

Unten hupt der Vater und die Mutter beeilt sich. Marlies ist auf einmal froh, dass sie nicht mitfährt. »Das ist nichts für ein Kind«, hat die Mutter gesagt. »Und am Sonntag fahren wir ja schon wieder hin.« Marlies schaut aus dem Badezimmerfenster dem Auto nach, bis es um die Ecke verschwunden ist. Dann geht sie in Omas Zimmer. In das Zimmer, das einmal Omas Zimmer gewesen ist und immer noch so aussieht, als wäre es Omas Zimmer. Marlies setzt sich in Omas Sessel und wartet darauf, dass sie weinen kann. Aber obwohl ihr die Augen weh tun, kommt keine einzige Träne. Die Oma hat auch nicht geweint. Wenn sie geweint hätte, denkt Marlies, dann hätten sie sich vielleicht nicht getraut, sie wegzubringen.

Das Zimmer ist irgendwie leer, obwohl noch alle Möbel dastehen. Nur die Fotos vom Opa, die immer über dem Bett hingen, sind weg. Zwei helle Vierecke sind auf der Tapete zurückgeblieben. Und auf dem Bett fehlt die gehäkelte Wolldecke. Die hat sich die Oma oft umgehängt, wenn ihr kalt war. Und einmal, im Fasching, diente die Decke Marlies als Zaubermantel. Die Mutter hat die Decke in einen Koffer gepackt, zusammen mit der Bibel und dem gestickten Taschentuch und dem Bild von Marlies, das die Oma auf ihrem Nachttisch stehen gehabt hat.

»Und die Tassen?«, hat Marlies gefragt. »Wie willst du die Tassen einpacken?«

Die Mutter hat den Kopf geschüttelt. »Die Tassen bleiben hier. Im Heim hat die Oma nur einen Kleiderschrank, da kann sie doch die Tassen nicht reinstellen.«

Marlies steht auf und geht zum Glasschrank. Sie nimmt die Rote-Rosen-Tasse heraus. Die ist von Ruth. Ruth und Oma waren Freundinnen, als sie noch junge Mädchen waren. Ruth hatte die längsten Zöpfe der Welt und hat Oma die Tasse zum Abschied geschenkt, als sie weggezogen ist. Diese Tasse war die erste.

»Anfangs haben wir uns noch geschrieben«, hat die Oma erzählt. »Aber dann hat das irgendwie aufgehört. Ich weiß nicht, was aus Ruth geworden ist.«

Bestimmt ist sie im Heim, denkt Marlies. Oder gestorben, wie Onkel Walter, von dem die Tulpentasse ist. Oder wie Tante Friedel, Omas Schwester, die ihr die Kornblumentasse geschenkt hat.

Marlies hält immer noch die Rote-Rosen-Tasse in der Hand. Die Hand tut ihr weh, der Bauch tut ihr weh, die Augen tun ihr weh. Alles tut ihr weh. Da hebt sie die Tasse hoch und schmeißt sie, so fest sie kann, gegen die Wand neben der Tür. Es gibt einen Knall und die Scherben fallen auf den Boden. Marlies nimmt die Tulpentasse. Und dann die Gänseblümchentasse. Und dann die Fliedertasse. Mit jedem Krachen wird ihr leichter, bei jedem Scherbenklirren tut ihr der Bauch weniger weh. Die Veilchentasse ist die letzte. Die hat die Oma vom Opa zur Silberhochzeit bekommen. Marlies betrachtet sie lange. Und auf einmal fängt sie an zu weinen. Vorsichtig stellt sie die Tasse zurück in den Schrank, auf den Veilchenteller. Sie hockt sich in den Sessel, zieht die Beine an den Bauch und legt die Arme um ihre Knie. So betrachtet sie den Scherbenhaufen, während ihr die Tränen über die Backen laufen.

Die Tassen sind sehr schön gewesen, eine schöner als die andere. Marlies versteht nicht, warum sie das gemacht hat. Die Oma hätte es ihr vielleicht erklären können. Wenn wir sie besuchen, denkt Marlies. Ich werd sie gleich nächsten Sonntag fragen. Vielleicht sagt sie dann wieder was. Auch wenn es was ganz Verrücktes ist.

Fragen an Mirjam Pressler

Wie viele Kinder hast du?

Drei Töchter: Ronit (*1966), Gila (*1967), Tall (*1969).

Hast du Enkelkinder?

Ja, sechs.

Wo hast du schon überall gewohnt?

In verschiedenen Städten Deutschlands, dann etwa ein Jahr in Israel, dann über dreißig Jahre in München und Umgebung. Und nun seit 2008 in Landshut.

Wo und wie würdest du gerne leben?

Am allerliebsten am Mittelmeer, in einem Haus am Strand. Am zweitliebsten so, wie ich jetzt wohne.

Welche Tätigkeiten hast du ausgeübt, bevor du Schriftstellerin wurdest?

Ich habe Kunst studiert, alle möglichen Jobs ausgeübt, in deutschen Büros und einem israelischen Kibbuz gearbeitet und sogar mal einen eigenen Jeansladen geführt.

Welchen Beruf hättest du dir – außer Schriftstellerin – sonst noch für dich vorstellen können?

Pianistin. Wenn ich rechtzeitig Klavier spielen gelernt hätte.

Wie viele Stunden arbeitest du am Tag? Und welches Schreibgerät benutzt du?

Etwa zehn, zwölf Stunden am Tag. Und wenn mich das Buch, das ich gerade schreibe oder übersetze, besonders packt, können es auch sechzehn Stunden werden. – Ich arbeite mit Computer und Bleistift.

Welche Sprachen sprichst du und wann hast du sie gelernt?

Englisch und Französisch (in der Schule

gelernt), Hebräisch und Jiddisch (hab ich mir später aus Interesse beigebracht), Niederländisch (hab ich vor etwa 25 Jahren gelernt, um aus dieser Sprache übersetzen zu können). Und mein Schul-Latein hab ich vergessen.

Welches deiner Bücher hat die höchste Auflage?

Bitterschokolade (über 600.000 Exemplare).

Welches deiner Bücher gefällt dir am besten?

Es gibt keines, das mir »am besten« gefällt. Aber viele, die ich besonders mag: *Wenn das Glück kommt ... Shylocks Tochter ... Malka Mai* und *Nathan und seine Kinder.*

Ist schon mal eines deiner Bücher verfilmt worden?

Ja, *Novemberkatzen* wurde von Sigrun Koeppe fürs Kino verfilmt.

Wie viele Stunden in der Woche siehst du fern?

Nicht viel, vor allem Nachrichten und gerne auch mal einen Krimi.

Wie viele Bücher liest du ungefähr im Jahr?

So zwischen hundert und zweihundert. Ich hab noch nie mitgezählt. Warum sollte ich auch?

Welches sind deine drei liebsten Bücher?

Das wechselt ständig. Wenn ich drei nennen würde, täte ich anderen unrecht.

Hast du dich schon mal in eine Figur aus einem Buch verliebt?

Ja, schon oft. Zum Beispiel in den Jungen Geschem aus *Nathan und seine Kinder.*

Was empfiehlst du Kindern und Jugendlichen, die Bücher schreiben wollen?

Genau beobachten und alles aufschreiben.

Wie viele Lesungen aus deinen Büchern machst du im Jahr?

Zwischen fünfzig und hundert.

Hast du Hobbys? Welche?

Lesen, Lesen, Lesen. Auf meinem Sofa. In der Badewanne. Im Bett. Eigentlich überall.

Hast du ein Haustier?

Zurzeit habe ich eine Katze. Im Laufe der Jahre hatte ich schon mehrere Hunde, viele Mäuse, eine Ratte, viele Goldhamster, einige Hasen, eine Wildente, Fische und zwei Papageien.

Welches sind deine Lieblingsblumen?

Alle. Besonders solche, die ganz überraschend irgendwo blühen.

Deine Lieblingsmusik?

Früher die Beatles, heute Mozart.

Wen oder was bewunderst du?

Clowns, Musiker, Sozialarbeiter.

Wem würdest du gern mal deine Meinung sagen?

All denen, die dafür verantwortlich sind,

dass es in unserer reichen Welt immer noch Hunger gibt und Kinder, die arbeiten müssen, statt zur Schule zu gehen.

Wem würdest du gerne mal begegnen?

Da gäbe es viele. Um nur eine zu nennen: Anne Frank. Ich wüsste so gerne, was aus ihr geworden wäre.

Was ist dein größter Fehler?

Ungeduld.

Was wäre für dich das größte Unglück?

Nicht mehr denken können, nicht mehr lesen können.

Welche Eigenschaften schätzt du bei einem Kind am meisten?

Neugier, Spontaneität, Lebhaftigkeit.

Bei einer Frau?

Klugheit und Offenheit.

Bei einem Mann?

Klugheit und Offenheit.

Was wünschst du Kindern, wenn sie groß sind?

Eine gewaltfreie Welt, in der sie selbstbestimmend leben können.

Welche drei Wünsche hättest du gerne frei?

Nein, darauf antworte ich nicht. Sonst hab ich am Ende noch die Wurst an der Nase, wie die Frau des Fischers im Märchen.

Die Fragen stellte Barbara Gelberg

Quellennachweis

Zwillinge. Aus: Mirjam Pressler, Leselöwen-Geburtstagsgeschichten. Loewe Verlag GmbH, Bindlach 1994

Eine Sekunde nicht aufgepasst. Aus: Mirjam Pressler, Alle Geschichten von Jessi. Gulliver TB 936. Beltz & Gelberg, Weinheim 2006

Der schönste Hund der Welt. Aus: Mirjam Pressler, Der schönste Hund der Welt. Arena Verlag / Edition Benziger, Würzburg 1992

Schlaf gut, Nora © bei der Autorin

Die Mutprobe im Hochhaus. Aus: Mirjam Pressler, Auch Vampire können sich irren. Arena Verlag, Würzburg 1994

Das Sonntagsessen. Aus: Mirjam Pressler, Leselöwen-Geschwistergeschichten. Loewe Verlag GmbH, Bindlach 1993

Sieben und eine Hex. Aus: Mirjam Pressler, Sieben und eine Hex. Gulliver TB 463. Beltz & Gelberg, Weinheim 2001

Und das Fahrrad? Aus: Mirjam Pressler, Nickel Vogelpfeifer. Beltz & Gelberg, Weinheim 1986

Unser Kätzchen. Aus: Mirjam Pressler / Dagmar Geisler: Wir sind schon ganz groß. Loewe Verlag GmbH, Bindlach 2007

Die Veilchentasse. Aus: Hans-Joachim Gelberg (Hrsg.), Augenaufmachen. 7. Jahrbuch der Kinderliteratur. Beltz & Gelberg, Weinheim 1984

Fragen an Mirjam Pressler Aus: Barbara Gelberg (Hrsg.), Werkstattbuch Mirjam Pressler. Gulliver TB 450. Beltz & Gelberg, Weinheim 2001
Der Fragebogen wurde für diese Ausgabe aktualisiert.

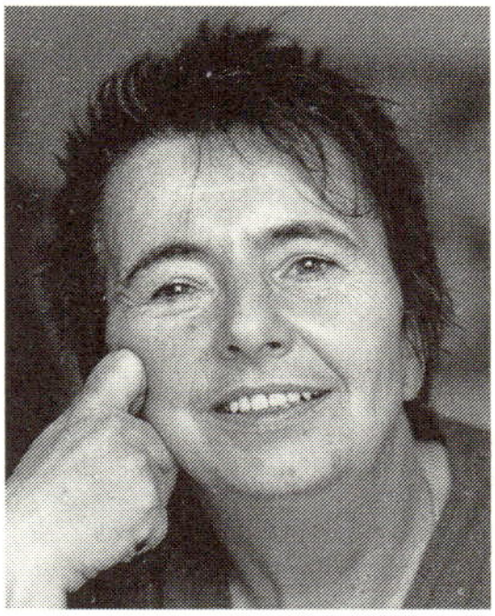

Mirjam Pressler

Mirjam Pressler, geboren 1940 in Darmstadt, studierte an der Hochschule für Bildende Künste in Frankfurt am Main und verbrachte ein Jahr in einem Kibbuz in Israel. Heute lebt sie als freie Schriftstellerin und Übersetzerin in der Nähe von München. Für ihre Bücher wurde sie mit vielen Preisen ausgezeichnet. Bei Beltz & Gelberg erschienen zahlreiche ihrer Kinder- und Jugendbücher, u.a. *Bitterschokolade, Novemberkatzen, Wenn das Glück kommt, muss man ihm einen Stuhl hinstellen, Novemberkatzen, Nickel Vogelpfeifer, Malka Mai, Golem, stiller Bruder* und zuletzt *Nathan und seine Kinder* sowie die Biographie *Ich sehne mich so. Die Lebensgeschichte der Anne Frank*. Für ihr Gesamtwerk wurde sie mit der Carl-Zuckmayer-Medaille und mit dem Deutschen Bücherpreis ausgezeichnet.

Mirjam Pressler

Nickel Vogelpfeifer

Mit Bildern von Detlef Kersten
Erzählung, 152 Seiten (ab 8), Gulliver TB 78188
Auswahlliste zum Deutschen Jugendliteraturpreis

Wenn Nickel Angst hat, grunzt er wie ein Schwein. Das finden die anderen in der Klasse lustig und lachen über ihn. Die Lehrerin lacht nicht. Nickel hat nur Unfug im Kopf, meint sie. Doch Nickel ist ernsthaft mit dem Fahrrad beschäftigt, das er zum Geburtstag bekommen soll. Aber alles geht plötzlich schief. Gut, dass Nickel seinen großen Bruder hat! Auf Django ist nämlich Verlass.

Mirjam Pressler

Alle Geschichten von Jessi

Mit Bildern von Gitte Spee
Broschiert, 232 Seiten (ab 6), Gulliver TB 78936

Man muss nicht alles können, denkt Jessi manchmal, man muss sich nur zu helfen wissen. Das ist ihr Lebensmotto. Und so ist Jessi an manchen Tagen kaum zu bändigen. Mal legt sie sich mit ihrem Buder Achim an, mal mit ihrer besten Freundin, mal mit ihrer Lehrerin. Doch als Achim von einem Auto angefahren wird, ist erst einmal jeglicher Streit vergessen. Sechs Geschichten zum Vorlesen und Selberlesen.

Ursula Fuchs

Das große Buch vom kleinen grünen Drachen

Mit Bildern von Christine Brand
88 Seiten (ab 6), Gulliver TB 78980

Eines Tages sitzt er auf dem Dach, der kleine grüne Drache, der zwar grünen Qualm speien, aber kein »ch« sprechen kann. In Morris findet er einen prima Freund. Die Großmutter ist allerdings weniger begeistert. Der kleine grüne Drache möchte deshalb unbedingt beweisen, was er alles kann. Aber irgendetwas geht dabei immer daneben. Und dann will er auch noch mit Morris in die Schule …

Julia Donaldson

Der kleinste Dinosaurier

Mit Bildern von Axel Scheffler
Aus dem Englischen von Susanne Härtel
80 Seiten (ab 7), Gulliver TB 78577

Hypsilophodon ist völlig aufgelöst, denn sie findet nirgends einen sicheren Ort für ihr Nest. Überall tummeln sich gefährliche Giganten. Ihr bleibt nichts anderes übrig, als zu fliehen. Unversehens landet sie auf einem Bauernhof. Dort lernt sie merkwürdige Gestalten kennen: Enten, Traktoren und Menschen. Und 13 kleine Dino-Babys halten ihre Mama mächtig auf Trab!

GULLIVER
www.gulliver-welten.de
Beltz & Gelberg, Postfach 10 01 54, 69441 Weinheim

Andreas Venzke

Carlos kann doch Tore schießen

Mit Bildern von Catherine Louis
72 Seiten (ab 8), Gulliver TB 78988

Carlos spielt Fußball und er spielt gut. Er will ein großer Fußballer werden, wie Pelé. Heimlich träumt er davon, dass ihn eines Tages ein berühmter Verein in São Paulo übernimmt. Doch in letzter Zeit will es nicht mehr klappen mit dem Toreschießen. Was ist los mit Carlos? Alle sind ratlos: der Trainer, die Eltern, die Freunde. Nur Opa Ruben weiß Rat …

Sébastien Joanniez

Ein Zwilling für Leo

Mit Bildern von Régis Lejonc
Aus dem Französischen von Bernadette Ott
88 Seiten (ab 7), Gulliver 78977
Auswahlliste zum Deutschen Jugendliteraturpreis

Leo hat sein Leben als Einzelkind mächtig satt. Einen Bruder möchte er haben, am liebsten einen Zwillingsbruder. Der würde mit ihm lachen und spielen und ihn genau verstehen. Was tun? Nora weiß Rat. Überhaupt ist Nora das klügste und schönste Mädchen, das er kennt!

GULLIVER
www.gulliver-welten.de
Beltz & Gelberg, Postfach 10 01 54, 69441 Weinheim

Terence Blacker

Miss Wiss ganz groß!

Miss-Wiss-Abenteuer 1–3

Mit Bildern von Tony Ross
Aus dem Englischen von Anu Stohner
224 Seiten (ab 6), Gulliver TB 74019

Eine Lehrerin, die hexen kann, ist erst mal unheimlich. Aber bald merken die Kinder der Sankt-Barnabas-Schule: Miss Wiss ist große Klasse! Egal, ob sie es mit eifersüchtigen Lehrerinnen, heimtückischen Katzenfängern oder Jacks rebellierendem Blinddarm zu tun hat – Miss Wiss taucht überall dort auf, wo ein kleiner Zauber vonnöten ist.

Waldrun Behncke

Gottfried, das fliegende Schwein

Mit farbigen Bildern von Jutta Bauer
Erzählung, 120 Seiten (ab 6), Gulliver TB 78058
Ausgezeichnet mit dem Troisdorfer Bilderbuchpreis

Schwein Gottfried reist ganz allein an die Nordsee. Dort lernt er die nettesten Menschen der Welt kennen: Mimi und Willi Lütt. Und auch Cornelia, die bald seine beste Freundin wird. Dass dann Gottfrieds sehnlichster Wunsch in Erfüllung geht, hätte wohl niemand gedacht: Er lernt doch tatsächlich fliegen!

GULLIVER
www.gulliver-welten.de
Beltz & Gelberg, Postfach 10 01 54, 69441 Weinheim

Josef Guggenmos

Oh, Verzeihung, sagte die Ameise

Mit farbigen Bildern von Nikolaus Heidelbach
Großformat, 224 Seiten (für alle), Gulliver TB 74076

Geschichten von fliegenden Fischen und von Klapperschlangengeklapper, von verborgenen Schätzen und Zauberern, von Knödeln und Sachensammlern. Lustiges und Unsinniges, Ironisches, aber auch Trauriges enthält dieser Klassiker der Kinderliteratur.
Ein Hausbuch für die ganze Familie, zum Vorlesen und Selberlesen.

Ingo Siegner

Eliot und Isabella und die Abenteuer am Fluss

Mit farbigen Bildern von Ingo Siegner
128 Seiten (ab 5), Gulliver TB 74121

Eliot, der kleine Rattenjunge, wird von einer Hochwasserwelle weit hinaus aufs Land gespült. Zum Glück trifft er das Rattenmädchen Isabella! Auf ihrem langen Weg zurück in die Stadt erleben die beiden ein Abenteuer nach dem anderen.
Ein großes Vorlesevergnügen mit vielen farbigen Bildern!

GULLIVER

www.gulliver-welten.de
Beltz & Gelberg, Postfach 10 01 54, 69441 Weinheim

Eoin Colfer

Tim und das Geheimnis von Knolle Murphy

Aus dem Englischen von Brigitte Jakobeit
Mit Bildern von Tony Ross
104 Seiten (ab 8), Gulliver TB 74119

Tim und sein Bruder Marty können es nicht fassen: Sie sind dazu verdonnert, einen Teil der Sommerferien in der Bücherei zu verbringen. Ausgerechnet dort, wo Knolle Murphy, die strenge Bibliothekarin und der Schrecken aller Kinder, unbarmherzig herrscht. Kaum ist ein Kichern zu hören, zückt sie auch schon ihre gefürchtete Knollenknarre. »Nicht mit uns«, beschließen Tim und Marty …

Klaus Kordon

Mein Freund Ringo

Mit Bildern von Philip Waechter
Roman, 80 Seiten (ab 8), Gulliver TB 78438

Seit Tim in die dritte Klasse geht, fährt er jeden Morgen mit der S-Bahn zur Schule. Dort trifft er seinen Freund, den Straßenmusikanten und Puppenspieler Ringo. Aber mitten im Winter ändert sich alles, denn Ringo wird plötzlich krank und braucht Hilfe. Tim weiß, dass er allein wenig ausrichten kann. Aber wie soll er es anstellen, dass die Erwachsenen eingreifen?